Hermes

헤르메스

김태웅희곡집 · 5

Hermes

김태웅희곡집 · 5

나는 작고작고 작아
나의 아침은 도박같이 온다
나는 의미를 묻지 않고 즐겼다
나는 고문기술자다
너 따위가 내 적이 될 순 없어
나는 만년이 가는 이야기를 생각했다
부패나 하는 정부 따위는 가소롭군
나는 작고 작아 나비가 되는 꿈을 꿨다

\<목차\>

Hermes

─ 醜惡, 살아가야 하는 더러움에 대하여

Le feu n'est pas une image mais une volont
불은 이미지가 아니라 의지이다.
- G. Bachelard

등장인물 : 남건
          유정숙(장님 안마사)
          김성미
          유가인
          노상국
          무대감독

때 : 현대
장소 : P호텔 904호

1장. 분배논쟁

월요일. 호텔 객실. 밤
유가인, 침대 위에서 담배를 피고 있다.
남건, 음악을 들으며 고급 양주를 마시고 있다.

남건 Royal Salute. 난 양주 중에 이게 제일 좋더라. (가인을 보
　　며) 21세기에 담배 피우는 야만인도 있네. 담배 좀 끊어
　　라. 얼굴 삭는다.

가인 (계속 담배 피운다)

남건 (아로마 향초에 불을 붙이며) 프로는 담배 피지 않는다. 하
　　수들이나 자기학대 차원에서 흡연하는 거지. 너 담배 피는
　　이유에 대해서 곰곰이 바닥부터 생각해본 적 있어? 습관,
　　타성, 겉멋, 요령 없음, 노예근성, 원한심. 나도 담배 엄청
　　폈다 바보처럼. 그때는 내가 패배자 같았지. 하지만 금연
　　하고 나니까 …

가인 착취자가 됐다?

남건 (음악 끄고) 뭐?

가인 왜 오빠 혼자 독식해?

남건 뭘?

가인 사람들 매일 꽉꽉 차는데 왜 내 개런티는 1년이 넘게 똑같
　　냐구요?

남건 그거야 계약을 그렇게 했으니까. 너 지금 시위하는 거니?

아, 그거 때문에 월요일인데 쉬지도 않고 찾아온 거야? 그러고 보니까 너 오늘 아주 작정을 하고 왔구나.

가인 됐고, 계약 다시 해. 기본 개런티 월 700에 추가로 인센티브. 나도 이제 당당히 내 지분 보장 받고 싶어.

남건 지분? 니가 배가 불렀구나. 다달이 꼬박꼬박 500씩 챙겨주고 있는데, 더 달라고? 너 일반 연극하는 배우들 얼마 받는지 알아? 한 달에 많이 받아야 100이야. 그것도 많이 받는 거야. 신인배우는 돈 받을 생각도 못해. 주면 고마운 거지.

가인 나 벗는 배우야. 일반 배우가 아니라.

남건 누가 그걸 몰라 그러니까 대우해주잖아.

가인 오빠, 나 동생 학비하고 생활비 책임져야 하는 거 알잖아. 연봉 육천으로 어떻게 살아? 그리고 나한테도 투자해야하고.

남건 너 카지노 갔다 왔니? 또 날렸어?

가인 아니야. 정말 생활이 안돼서 그런다니까. 오빠, 나도 인간이야.

남건 누가 뭐래?

가인 무대에서 옷 벗는다고 무시당할 만큼 당했어. 최소한 오빠는 나를 존중해 줘야 하는 거 아니야?

남건 내가 언제 너를 무시했다고 그래?

가인 오빠, 내 사정 다 알면서 왜 그래? 내 운명이 저주스럽다. 왜 내가 내 입으로 이런 말까지 해야 되는 거지?

남건 야, 괜한 소리 하지 말고 연기나 잘해.

가인 뭐?

남건 솔직히, 너 몸 쓰는 거 말고 무대에서 잘하는 게 뭐니? 관객평 못 봤어? 니 연기 형편없다고.

가인 그 사람들 연기 보러 오는 거 아니잖아. 침 삼키면서 볼 건 다 보고 헛소리 하는 거라구. 우리 연극 보러오는 인간들 대부분 쓰레기야.

남건 쓰레기들 때문에 먹고 사는 주제에. 그리고 니가 연기 못하는 건 사실이잖아.

가인 그래서 뭐야? 계약을 다시 못하겠다고? 솔직히 오빠가 이런 호텔에서 살지만 않아도 지금 내가 받는 돈에 두 배는 챙겨줄 수 있잖아. 오빠, 나 한 달에 50만 원짜리 원룸 살아.

남건 카지노에 돈 갖다 바치고 왜 나한테 행패야? 그리고 내 돈 가지고 호텔에 살든, 원룸 살든. 그럼 벗는 연극 하면서 이 정도도 나한테 못하냐? 나, 욕이란 욕은 다 먹으면서 여기까지 왔어. 욕이랑 돈이랑 바꾼 거라구. 이건 인간 남건에 대한 최소한의 예의라고. 내 자존심을 위해서 호텔에 사는 게 너한테는 그렇게 불공평해 보이냐?

가인 내가 대충 계산해봤어 오빠가 어느 정도 버는지. 하루 두 번 공연해서 천만 원씩 들어온다고 치고 한 달이면 월요일 빼고 26일. 한 달에 2억 6천. 그중에서 대관료로 3천만 원 제하고, 이리저리 경비 빼도 오빠한테 돌아가는 돈이 2억은 나오던데. 2억하고 5백만 원 이게 말이 되냐고? 2억 중에 최소한 나한테 2천 정도는 챙겨줘야 하는 거 아니야? 계약 다시 안할 거면 나 이제 그만둘래.

남건 너 계산 잘한다. 니 계산대로라면 금세 재벌 되겠다? 일

년이면 24억씩 버네. 그동안 배 아파서 어떻게 공연했니? 너 지금 나 협박하는 거지?

가인   오빠, 노동운동도 했다면서 어떻게 노동자의 입장은 전혀 고려 안 해.

남건   야, 지금 그 얘기가 여기서 왜 나와? 정말 그만 둘 거야? 이런 배신이 어디 있어? 내가 더블 붙인다고 그럴 적에 니가 뭐가 그랬어? "오빠, 무대에서 죽는 한이 있어도 제가 하는 데까지 할게요." 그래서 더블은 생각도 안하고 있었는데 뭐 그만둔다고? 좀 비겁하다고 생각하지 않니? 왜 이제 와서 뒤통수야?

가인   그러니까 계약 다시 하자고.

남건   계약대로 이번 시즌 끝날 때까지는 공연해. 관객예약 벌써 다 끝난 거 몰라?

가인   재계약해 주지 않으면 내일부터 나 극장에 안 나간다. 솔직히 오빠가 공연수입이 얼만지 공개한 적 있어?

남건   그걸 내가 너한테 왜 얘기해? 넌 배우야. 연기하고 개런티 받으면 그만이라고.

가인   내가 무대에서 어떤 수모를 당하는지 알면서도 그런 말을 해?

남건   너만 벗어? 나도 벗어.

가인   여자랑 남자랑 같아?

남건   홀랑 벗는데 뭐가 달라?

가인   오빠는 만지자고 올라오는 남자는 없잖아?

남건   공연 끝나고 연락처 주고 가는 나이든 아줌마나, 너 만지자고 무대에 올라오는 남자나.

가인 아, 그래서 호텔에서 사는구나. 아줌마들이랑 놀라고.

남건 뭐? 이거 가이드 하면서 쪽발이 변태새끼들한테 몸이나 팔던 년 무대에 세워 놨더니 뭐? 뭐? 26살? 34살이 왜 26살이니? 화장한다고 34살이 26살 되니? 그만두고 싶으면 그만둬. 너 요즘 뮤지컬 오디션 준비한다고 매일 극장에서 연습한다며? 누가 벗는 배우 써줄 거 같냐? 니 출신을 알아라. 니 주제를!

가인 그만해. 오빠가 시킨 거 다 알어.

남건 내가 뭘 시켜?

가인 오빠가 사람 사서 무대로 난입시켰잖아. 누가 모를 거 같아? 오빠가 의도적으로 노이즈 마케팅 한 거 아니냐구?

남건 나만 좋자고 한 거냐? 그나마 그 덕에 사람들 오는 거야. 연기 못하는 거 그렇게라도 커버해야지.

가인 그러니까 내가 오빠 돈 버는데 그만큼 기여했다는 거 아니야.

남건 너 계약서는 읽어 봤지? 중간에 계약 파기하면 피해금액에 두 배 변상해야 하는 거.

가인 피도 눈물도 없는 인간이야. 오빠는.

남건 그래 난 인간이 아니다. 돈이다. 자본이다. 됐니? 여러 말할 거 없고 이번 시즌까지만 하고 하든지 말든지 알아서 해.

가인 그래서, 지금 주는 개런티에서 조금도 안 올려주겠다 이 말이야?

남건 솔직히, 까놓고, 막말로 모집광고 내면 애들 꼬인다. 꼬여. 요즘 벗는 연극으로 뜨고 싶어 하는 애들이 얼마나 많은

데. 너 정도 페이 주면 너도 나도 한다고 덤빌 걸.

가인 1년 넘게 내 가슴 만지고, 비비고 빨고 내 알몸 팔아서 돈 벌어 놓고…

가인, 운다.

남건 울지 마. 울지 말라고. 좀. 나도 이 짓 하기 싫어. 나도.

남건, 술 마신다.

가인 오빠 하나만 물어보자. 오빠, 난 오빠한테 그저 여배우일 뿐이야?

남건 그럼?

가인 이제 정말 우리 사이 아무 것도 아닌 거야? 이제는 공연하 면서 정말 나한테 아무 감정도 없어?

남건 뭘 바랬는데?

가인 나, 매일 무대에 서면서 그래도 지금까지 견뎌 온 건 다 오빠 때문이었어. 이건 그냥 연극이 아니다. 그래, 저 남자 정말 내 남자인 거처럼 생각하고 연기하자. 나 솔직히 오 빠한테 청혼할 생각도 했어. 마지막 장면 연기할 때마다 가슴이 두근거리고 오빠가 내 진짜 남편처럼 다가왔다구. 그래서 늘 무대 서는 게 설레었다고.

남건 너 미쳤구나. 그래서 가끔 오바했구나. 지 혼자 흥분해서 대본에도 없는 짓거리 하고. 그리고 씨발 우리 같은 바닥 이 무슨 결혼이야. 결혼은…

가인　그래, 오빠 솔직히 나 지금도 같이 살자고 하고 싶어. 그럼 돈 문제 가지고 이렇게 싸우지 않아도 되잖아.

남건　결국 돈이네. 넌 결국 순수하지 못해.

가인　아니야. 오빠도 나 좋아했잖아? 오빠 내가 더 노력할게 나 잘 할 수 있어. 우리 이 일 그만두고…

남건　뭘 그만둬? 보자보자 하니까 못하는 말이 없네. 그리고 우리, 우리 하지 마. 우리 우리 하면서 너랑 동급으로 놓지 말라고. 나는 갑이고 너는 을이야. 넌 내가 고용한 노동자야. 임금노동자. 일당 받고 주인이 시키는 대로 하면 되는 노동자. 여기는 엿 같은 자본주의사회라고. 자본주의!

가인　난 적어도 우리가 한솥밥 먹는 가족이라고 생각했는데…

남건　안 되겠다 이번 시즌 끝나면 쫑내자. 내 퇴직금은 후하게 쳐주마. 가인아, 이제 가라. 니 말 다 알아들었으니까. 가라고. 모자 쓰고 가리고 숨어서 가라고. 떡도 쳤으니까 가라고.

가인　개새끼, 씨발놈.

남건　그래, 그게 너한테 맞다. 무대에서 이렇게 좀 하지. 야 잘하는데, 리얼해.

가인　넌 정말 더러운 새끼야.

남건　알았으니까요. 오늘은 연기 연습한 거로 치고 내일 무대에서 봬요.

　　　남건, 가인을 내보내려 한다.

유가인　이 더러운 손 놔. 더러운 착취자 새끼야. 빨대 같은 새끼야.

남건 네 맞습니다. 그러니까 가세요. 내일 늦지나 마세요.

남건, 가인이 나가고 나자 술 한 잔 한다.
남건, 촛불 끄고 음악 다시 튼다.

남건 (거울 보며) 너도 인간이냐? (사이) 너 같아야 인간이지.
이 시대에. 햄릿은 말하지 "죽느냐 사느냐 그것이 문제로
다. 하지만 그건 구시대적 질문. 이 쟁투에서 빠느냐 빨리
느냐 그것이 문제로다." 노동자의 햇새벽이 오를 때까지
건배! 벤트리 끌고 필드도 나가야지. 빌딩 올리고 극장도
지어야지. 50억짜리 집도 사야지. 거기서 노동자의 햇새벽
을 맞아야지. 건배!

2장. 영혼의 안마

같은 객실.

남건 못 보던 분인데.

유정숙 전에 오셨던 남자 분, 가족이 전부 부산으로 이사를 가

서요. 다른 사람 부를까요?

남건   아니요. 됐어요.

유정숙   누우세요. (안마 시작하며) 단골손님이라고 잘 해주시라던데요. 좋은 분이라고

남건   …

유정숙   정숙이라고 해요. 유정숙. 촌스럽죠?

남건   정감 있는데요. 소박하고.

유정숙   (사이) 이름 물어봐도 돼요? (사이) 죄송합니다. 제가 괜한 걸.

남건   건이라고 합니다. 남. 건.

유정숙   본명인가요? 멋있어요. 예술 하는 사람 이름 같아요. 동양화 그리는 사람 호 같기도 하고.

남건   남로당 건설담당의 줄임말이에요.

유정숙   정말요? 남로당이 아직까지 있나요?

남건   네.

유정숙   그렇구나. (사이) 제가 앞이 안 보여서 이름에 좀 집착해서요. 미안해요. (사이, 손을 주무르며) 저기 힘든 일 하시나 봐요? 손이 많이 거치시네요.

남건   …

유정숙   무슨 일 하시는데요? (사이) 제가 괜한 걸 물어봤나 봐요? 불편하시면 안마만 해드릴게요.

남건   무슨 일 할 거 같아요?

유정숙   글쎄요? 건설업?

남건   연극해요. 연출도 하고 배우도 하고 대본도 쓰고…

유정숙   힘든 일 하시네요. (사이) 남자 친구가 자꾸 공연 보러

가자고 그래서 힘들어요.

남건　보러 가면 되잖아요.

유정숙　사람들한테 피해만 주잖아요.

남건　어때요?

유정숙　그래도… 사실 남자친구도 앞을 못 봐요. (사이) 연극 재
　　　미있죠?

남건　재미있는 것도 있고 아닌 것도 있고… 음악공연 같은 건
　　　괜찮지 않아요?

유정숙　네. (사이) 남자 친구 노래 잘하는데, 옛날 노래.
　　　"봄이 오는 아리랑 고개
　　　님이 오는 아리랑 고개
　　　가는 님은 밉상이요 오는 님은 곱상이라네
　　　아리 아리랑 아리랑고개는 님 오는 고개
　　　넘어 넘어도 우리 님만은 안 넘어와요"

남건　와. 잘 한다.

유정숙　(수줍어하며) 별 말씀을요.

남건　남자 친구한테 배운 거예요?

유정숙　네. 그 사람은 더 잘 하는데.

남건　원래부터 앞이 안 보였어요?

유정숙　아니요. 어릴 때… (사이) 초등학교 1학년 때, 겨울에 친
　　　구들이랑 담벼락에 기대서 해바라기 하다가 시합을 했어
　　　요. 해 오래 보기 시합. 지기 싫더라고요. 한참 해를 보
　　　고 있는데 앞이 하얘지고 뭐가 잘 안 보이더라고요. 그
　　　래도 계속 보고 있었어요. 해를 요. 내가 제일 오래 봤는
　　　데, 해가 내 눈에 들어 온 것처럼 앞이 뿌연 게… 그때

부터 앞이 잘 안보이더라고요. 그때 엄마가 눈에다 이상한 거 넣어서… 그래도 전 다행이죠. 8살까지 세상을 봤으니까. 아참, 무지개는 못 봤다.

남건　남자 친구는 어떻게 만났어요?

유정숙　일하면서요.

남건　둘이 벌면 많이 벌겠다.

유정숙　그냥 먹고 살 정도 벌어요.

남건　키스해봤어요?

유정숙　(수줍어하며) 네.

남건　정숙씨 엄청 예쁜 거 알아요?

유정숙　왜 그래요? 아저씨.

남건　안마하러 다니다보면 이상한 사람들도 많이 만나죠?

유정숙　가끔.

남건　같이 자자는 사람도 있어요?

유정숙　아니요.

남건　남자친구는 공연보고 싶고 정숙씨는 뭐가 하고 싶어요? 나랑 자고 싶지는 않을 테고.

유정숙　아저씨 저랑 자고 싶어요? (사이) 저요? 저는요 남자친구랑 촛불구경 가고 싶어요. 오늘도 오다 보니까 요 앞 공원인가 광장에서 촛불집회 하는 것 같던데… 서 있는 건 다 촛불 같아요. 나무도 사람도…

남건　…

유정숙　아저씨, 촛불집회 가본 적 있어요?

　　　남건, 웃는다.

21

유정숙   왜 웃으세요?

남건   아니 그냥.

유정숙   고등학생들도 많이 온다고 하던데, 춤도 추고 노래도 부르고 잔치 같대요. 유명한 가수들도 오고 개그맨도 온다고 하던데요.

남건   정숙씨 사회문제에 관심 많구나.

유정숙   그건 아니고 궁금해서요.

남건   그냥 지구 돌아가는 소리 아닐까요? (사이) 정숙씨, 이 방에서 저 광장까지 얼마나 먼 지 알아요?

유정숙   글쎄요? 가깝던데.

남건   저 광장에서 이 방까지 오는데 20년 걸려요. 20년!

유정숙   아저씨 혹시 예전에 노숙자였어요?

남건   어떻게 아셨어요?

        남건, 웃는다.
        남건, 일어난다.

유정숙   아직 안 끝났는데.

        남건, 술 한 잔 한다.

남건   술 해요?

유정숙   아니요.

남건   술 한 잔 하면 온 몸이 촛불이 될 지도 모르는데, 술 한 잔 하고 저랑 춤출래요?

유정숙   아저씨 장난하지 마세요.

남건   장난 아닌데… 춤은 영혼의 안마가 아닐까요?

유정숙   멋있다. 영혼의 안마! 오늘 들은 말 중에 최고 같아요.
         작가라 다르시네요.

남건   작가는 무슨?

유정숙   영-혼-의- 안-마. 무슨 시(詩) 제목 같아요. 아저씨, 저
         도 한 잔만 줘 보실래요.

     남건, 한 잔 따라주자 정숙 마신다.
     남건, 음악을 튼다.

유정숙   왈츠 음악 맞죠?

남건   네. 이런 음악을 만드는 사람은 영혼의 안마사가 아닐까
         요?

     둘, 가볍게 춤춘다.

남건   잘 추네요. 정숙씨 시 좋아하죠? 왠지 좋아할 거 같아요.

유정숙   네. 시가 없다면 인간의 영혼은 얼마나 불쌍할까요?
         (사이)
         누구는 하늘 공원에서 주검을 보았다 하지만
         오늘 숲속 놀이터는 온통 하얀 촛불
         이 성스러운 미사 앞에 추억은 투정
         가능은 예감으로 기도하고
         나의 고해는 음탕하다

난 단 한 번도 저 목련처럼 치열하진 못했어
그러므로 어느 날 나는 볼 것이다
바닥에 얼룩진 저 짝사랑의 열꽃을
내 얼굴에 번져가는 상흔들
그러므로 나는 간다 그대에게
이 비열한 거리를 유지하며
아 잔인한 4월이여
언제쯤 너는 너로 있을 것이냐

남건 　(박수 치며) 와 멋있다. 직접 쓴 거예요?

유정숙 　아직 멀었어요. 어설프죠?

남건 　아니요. 멋져요. 정숙씨 시인이구나. (음악, 끈다) 인간의 배설물, 소변이나 대변 같은 거로도 시를 쓸 수 있을까요? (사이) 정숙씨, 저기 부탁이 있는데.

유정숙 　뭔데요?

남건 　정숙씨, 혹시 제 몸에 오줌 좀 싸 줄 수 있어요?

유정숙 　…

남건 　제가 더러운 일을 하는 사람이라.

유정숙 　왜 그래요 아저씨? 아저씨, 이상한 사람 아니죠?

남건 　왜 변태 같아요?

유정숙 　아니요. 아저씨는 영혼이 맑은 사람 같은데요. 목소리 들어보면 알아요. 사람들은 관상을 보지만 저는 목소리를 들으면 그 사람이 어떤 사람인 줄 알거든요.

남건 　해줄 거죠? 그냥 오줌으로 시를 쓴다고 생각하고. 예술한다고 생각해요. 플럭서스운동이라고 알아요? 백남준 부인인 구보타 시게코는 자기 성기에다 붓을 꽂아서 그림

을 그렸대요. 제목이 '버자이너 페인팅'이었나? 그냥 전
위예술 한다고 생각하고…
유정숙　아저씨, 어느 책에서 읽었는데요. 자기를 작게 만드는 사
람이 추악한 사람이래요. 아저씨도 시를 써 봐요. 미안합
니다.

　　유정숙, 지팡이를 찾아 더듬더듬 걸어 나간다.

남건　예술이라니까요. 내가 돈도 많이 줄게요.

　　남건, 정숙이 나가고 나자 술 따라 마신다.
　　베란다 창을 연다. 들려오는 촛불집회 소리.

남건　20년! 20년!

3장. 방문

　　며칠 후. 공연이 끝난 시간. 호텔방
　　노동운동하다가 해고된 선배 노상국과 같이 들어오는 남건.
　　노상국은 곱추다.

노상국 야 여기 멋지다. 난 니가 그런 야시시한 연극할 줄 꿈에
       도 몰랐다.

남건   나도 마찬가지야 형. 형 양주 좋아해?

노상국 뭐 우리가 주종 가리냐?

남건   나도 형이 우리 공연 보러 올 줄은 꿈에도 생각 못했다.
       한 7년 만에 보나?

노상국 그렇게 오래 됐나? 관객 꽉꽉 차던데. 야 민망해서 죽는
       줄 알았다야. 너 홀랑 벗은 거 보니까 뭐라고 그럴까 웃
       기더라.

남건   왜? 내 몸이 웃겨?

노상국 아니 옛날 생각나서. 왜, 너랑 나랑 그리고 현규랑 같이
       용주꼴 같이 간 적 있었잖아. 그때도 우리 홀랑 벗고 놀
       았잖아. 여자애들이랑. 내가 막 곱추춤 추고.

남건   그때, 정말 재미있었는데 비 오는데 술 마시다가 형이
       느닷없이 가자고 그랬잖아.

노상국 옛날 일이다. 그때는 다 총각이었는데 세월 빠르다. 너랑
       같이 자취할 때 내가 너 염색 엄청 해줬었는데 기억나
       지? 너 웃통 벗고 비닐 덮고 있으면 내가 염색해준 거.
       너 별명이 백두였잖아. (곱추 등을 가리키며) 난 야산이
       었고. (둘은 예전에 같이했던 노래를 부르며 잠깐 춤을
       춘다) 야 이 술 진짜 죽인다.

남건   형 이거 알지? 쥐포! 형 옛날에 나한테 뭐라고 그랬는지
       알어? 내가 한참 힘들어 할 때 형이 소주하고 쥐포 사
       가지고 와서 그랬잖아. "야 씹어봐. 잘근잘근 씹어. 눈물
       젖은 쥐포를 씹어보지 않고 어떻게 인생의 맛을 알겠니?

씹어" 형, 그래서 나 지금도 쥐포 씹어. 뭐 사람이 강해지고 독해지는 느낌이 있거든 이걸 씹으면.

노상국   그랬냐? 내가 너 술 먹고 방에다 토하면 그거 내가 다 손으로 쓸어 담아서 치웠는데 기억나? 그때는 그게 왜 하나도 더럽지 않았는지 몰라. (사이) 저기… 아니다. (사이) 너 분임활동으로 연극할 때만해도 이렇게 될 줄 몰랐는데. 너 근로자 연극경연대회 나가서 연기상 받았을 때 내가 알아봤어야 하는데. 근데 니가 지금 하는 그런 연극 말고 왜 정극이라고 하나, 그런 연극은 안 해?

남건   형, 우리 연극도 정극이야.

노상국   그래. 내가 뭐 연극에 대해서 알아야지. 연극 처음 봤어. 이렇게 회사 잘리니까 연극도 보네. 요즘은 책 안 읽어? 너 완전 독서광이었잖아.

남건   다 가방줄 짧아서 개폼 잡은 거지 뭐. 요즘은 책 잘 안 읽어. (사이) 근데 형, 복직 안 돼?

노상국   그 놈들이 어떤 놈들인데 복직을 시켜주냐? 있는 사람도 자르는 판에. 나도 연극할까? 나도 벗으면 아직 볼 만 한데. 너 돈 많이 번다고 소문 짝 났어.

남건   벌긴 뭘 벌어. 이것 저것 떼고 나면 남는 것도 없어. (사이) 형수는?

노상국   안 도망간 게 다행이지. 용역회사 들어갔는데 한 시간에 2천 원 받고 청소일 해. 저녁엔 식당에서 일하고. 앉으면 졸아. 그나마 마누라 때문에 살고 있다. 애들은 대학 가야 하는데. 깜깜하다. 막막하다. 현규처럼 자살할까 하루에도 몇 번씩 생각해.

남건　형!

노상국　내가 괜한 얘기했나? 니 처는 잘 지내?

남건　이혼한 지 꽤 됐어.

노상국　미안하다.

남건　뭐가 미안해. 이런 일 하는데 누가 같이 살겠어. 그리고
　　　요새 이혼이 뭐 별 거야?

노상국　(사이) 건아 등 좀.

남건　등은 왜?

노상국　글쎄 등 좀 대봐.

　　　노상국, 남건 등에다 '돈'이라고 손가락으로 쓴다.

남건　뭐라고 쓰는 거야? 뭐? 돈?

노상국　그래 돈. (사이) 건아, 이런 말하기 좀 그런데 돈 있으면
　　　한 2000만 빌려 줄래? 애들 대학등록금도 내야하고 빚도
　　　좀 있어. 내 등에 이 짐 좀 덜어줘라.

남건　형, 나랑 관계 끝내자는 거야? 나 친한 사람이랑은 돈 거
　　　래 안 해.

노상국　어떻게 안 될까? 6개월만 빌리자.

남건　돈 때문에 공연 보러 왔구나.

노상국　나도 오죽하면 너한테 왔겠냐?

남건　형, 나도 돈 빌려서 이 연극 시작했어. 아직도 원금에 반
　　　도 못 갚았어. 일 년 대관료가 3억이 넘어. 그리고…

노상국　그래도 어떻게 안 될까? 노인네들 병원비도 많이 들고
　　　해서.

남건   형, 나 노조할 때 만났던 사람들한테 돈 많이 떼였어.

노상국   나를 못 믿는 거니?

남건   형, 이건 믿고 안 믿고의 문제가 아니야. 그 사람들도 안
       갚고 싶어서 안 갚는 게 아니야. 돈 나올 데가 없잖아.
       나도 처음엔 남들 같지 않아서 돈 빌려줬는데. 받을 수가
       없더라고. 정말 돈 달래기도 민망하고.

노상국   그래도 어떻게 안 되겠니?

남건   형, 술이나 마시고 가. 미안해.

노상국   (버럭) 어디 가니? 내가 어딜 가?

남건   형, 나한테 왜 그래?

노상국   야, 그럼 너 아니면 내가 누구한테 그러니?

남건   7년 만에 나타나서 한다는 말이 돈 빌려달라고?

노상국   그래 7년만인데, 갈 데가 없더라. 너도 콩팥 하나 가지고
       사는 내 처지 돼봐. 건아 나 남은 하나마저 팔고 죽어야
       하니? (무릎 꿇고) 좀 도와줘라. 너 우리 애들 예뻐했잖
       아. 그리고 우리 동지 아니냐? 앞서서 나가니 산 자야 따
       르라. 앞서서 나가니 산 자야 따르라.

남건   와 미치겠네. 형 이러지 마. 일어나. 형, 나한테 이러지 말
       고 그 놈 누구야 청와대 들어간 놈. 영환이 그 놈한테 가
       봐.

노상국   그 변절자 새끼 얘기도 하지 마.

남건   형, 그런 거야. 씨발 돈 버는 일이 그렇게 좆같은 거라고.
       변절하든가, 나처럼 기집애들 옷 벗기든가, 결국 형도 뭐
       야? 돈이잖아. 형, 진보언론 먹여 살리는 게 뭔지 알어?
       섹스야. 성형이야. 인터넷 진보언론 싸이트 들어가 봐 기

　　　　　　사 옆에 어떤 광고 뜨는지. "빳빳하게 잘되네. 수술 없는
　　　　　　질 수축, 남편이 더 좋아해요."

노상국　야, 됐어. 그만해. 씨발. 찾아온 내가 바보지. 나 보고 변
　　　　　　절하라고? 내가 무슨 힘으로 버티고 있는데, 니들 다 떠
　　　　　　나고 회사 잘려도 내가 뭣 때문에 살고 있는데. (사이)
　　　　　　건아 정말 마지막으로 하나만 묻자. 너 정말 돈 없어?

남건　　형, 성경에 보면 바벨탑 쌓다가 인간들이 신의 저주를 받
　　　　　　아서 전부 다른 말 쓰게 된다는 성경구절 나오잖아. 근데
　　　　　　저주를 받기 전에 그러니까 같은 말을 쓸 때 사람들끼리
　　　　　　말이 통했을까? 사람들이 같은 언어를 쓴다고 의사소통
　　　　　　이 될까? 아닌 거 같아. 나랑 형도 같은 말 쓰지만 전혀
　　　　　　이해하거나 알아들으려고 하지 않잖아.

노상국　같지도 않은 설교 집어 쳐 마. 다 알아 들었으니까. 말이
　　　　　　문제가 아니라 니 마음이 아닌 거잖아 새끼야. 허긴 있어
　　　　　　도 없다고 그러겠지. 있어도 나 같은 놈한테 빌려줄 수
　　　　　　없겠지. 알았어 끝. 씨발. 끝. 디 엔드.

　　　노상국, 나간다.
　　　남건, 잔에 술을 따르고 거기에 불을 붙인다.
　　　올라오는 파란 불.

남건　　앞서서 나가니 산 자야 따르라. 앞서서 나가니 산 자야
　　　　　　따르라.

노상국　(나가다 들어와서) 건아, 너 영환이 전화번호 알어?

4장. 오줌-배설 1

호텔 객실. 같은 날. 늦은 밤
들어오는 김성미.
남건, 웃는다.

김성미 왜요? 부른 거 맞죠? 20만 원이에요. 카드는 안돼요.

남건 뭐? (웃다가 돈 주며) 안경, 그거 알 없는 거지? 알 빈 년.

김성미 왜, 이상해요?

남건 좀 웃겨서. 너 캐릭터 독특하다.

김성미 저, 인간 아니에요.

남건 그럼 뭔데?

김성미 위험한 짐승?! 많이 기다렸죠? 오는데 촛불집횐가 뭔가 해서요. (사이) 여기 딴 데보다 럭셔리한데, 아저씨 갑부구나.

남건 갑부는? 그리고 아저씨라고 그러니까 징그럽다 그냥 오빠라고 그래.

김성미 뭐 편할 대로 해 오빠. 나 샤워하고 나올게.

남건 그냥 하자. 난 냄새나는 게 좋아.

김성미 As you like. 오빠 음악 좋아해?

남건 왜?

김성미 분위기 좀 잡게. (술병을 보고) 오빠, 술 먹었어?

남건   조금.

    김성미, 스마트폰으로 자기가 좋아하는 음악 틀고 옷을 벗기 시
    작한다.

김성미 오빠 불 끈다.

    잠시, 암전.

남건   (암전상태에서) 야, 안 된다.
김성미 뭐야 오빠? 술 먹고 사람 부르면 어떻게 해?
남건   왜? 나랑 하고 싶어?
김성미 아니 직업윤리라는 게 있으니까.
남건   너 정말 웃긴 애구나.

    불 들어오면, 옷 입는 두 사람.

김성미 (돈을 돌려주며) 받아. 아참 차비는 빼고. 오빠, 다음에
        여자 부를 땐 술 먹고 부르지 마.
남건   야, 돈은 됐고. 너 이름이 뭐니?
김성미 성미, 김성미
남건   성미야, 너 벗었을 때 보니까 몸매 죽이더라. 피부탄력도
        좋고. 니 몸은 하나의 완벽한 사상이야. 돌아봐. 특히 이
        좌퇴부와 우퇴부가 만나서 형성한 이 골은 가히 치명적
        이다.

김성미 내가 한 몸매하지.

남건 완벽한 사상 앞에서 발기하는 건 모독이 아닐까? 야, 안
경 쓰지 마. 안 쓰는 게 더 예뻐.

김성미 오빠, 내 미모를 가리려고 안경 쓰는 거야.

남건 그러니까 쓰지 말라구. 부탁이다. 안경 안 쓰니까 동양적
이고 귀족적인데. 딱 내 스타일이야. 그리고 너한테서는
신의 향기가 나.

김성미 뭐?

남건 너 내가 충고하는데 너 요즘 애들처럼 절대로 성형수술
같은 거 하지 마. 요즘 자연 미인 너무 없잖아. 다 공장
미인이야. 제발 부탁인데 너만은 유기농 미인으로 남아줘
라.

김성미 이 오빠 엄청 웃기네. 오빠 열나 짜쳐. 오빠는 내 S팬티
에 가장 웃긴 남자로 기록될 거야.

남건 S 팬티? 너, 잔 남자 전부 니 팬티에 적어?

김성미 이 일 하면서 내가 제일 즐거울 때가 팬티에다 내가 잔
남자들의 특성을 기록할 때야. 좋아하는 체위, 성기 모양,
섹스 스타일, 스피치 패턴 등등

남건 너 이 짓 왜 하니? S팬티 때문에?

김성미 오빠, 삼류스토리를 원해? 뭘 그런 걸 물어? 한국 뜰라
고.

남건 왜?

김성미 대한민국 구리지 않어? 나라가 멋이 없어. 양아치들만
득실거리고. 외국 나가서 그간 모아온 내 S팬티 판매할
거야. 인터넷 쇼핑몰 만들어서. 그리고 나중에 돈 벌면

팬티회사 차릴 거란 말이야. 회사이름도 지어 놨어. 섹스
피아! 섹스피어 검색하면 연동되게 크크 죽이지?
남건　아이디어 괜찮은데. 너 돈이면 뭐든지 할 수 있니?
김성미　몸까지 파는 년이 못할 게 뭐 있어?
남건　그렇지. 지갑 줘봐.
김성미　지갑은 왜?
남건　글쎄 줘봐.

　　김성미, 지갑을 준다.

남건　(지갑에 50만을 넣어주며) 50 줄 테니 부탁 하나 하자.
김성미　뭔데?
남건　나한테 오줌 좀 싸줘라.
김성미　뭐? 오빠, 그런 말 더러워. 오빠, 변태야?
남건　아니 오늘 내가 기분이 더럽거든.
김성미　안돼. 나 몸 파는 여자야. 오줌 파는 여자가 아니라고.
남건　(돈 더 꺼내며) 20 더. 됐지? 싫어?
김성미　(마지못해 받으며) 내가 살다 별 일을 다 하네.
남건　야 빨리 싸봐. 개처럼 내 몸에다 영역표시 좀 해봐.

　　잠시 암전.
　　성미, 남건의 몸에 소변을 본다.

남건　(불 들어오면) 고맙다.
김성미　고맙긴 내가 고맙지. 허긴 오줌 싸고 돈 번 년은 나밖에

없을 거야. 오빠 좀 씻어라.

남건　난 더러운 게 좋다. 부탁 하나만 더 하자.

김성미　또 뭔데?

남건　똥 싸줘라.

김성미　미쳤어 오빠. 그런 말 정말 더러워.

남건　돈 줄게 100만 원.

김성미　안 돼.

남건　왜 오줌은 되고 똥은 안 되는데?

김성미　냄새 나잖아.

남건　그냥 싸고 너는 가면 돼.

김성미　하여간 안 돼. 그리고 나 변비야.

남건　기다려 줄게.

김성미　뭘 기다려? 안 돼.

남건　커피 마시고 노력해봐.

김성미　안 돼.

남건　왜 안 돼?

김성미　오줌은 그래도 뭔가 에로틱한 면이 있는데, 똥은 추잡하
　　　　잖아.

남건　바로 그거야. 추잡한 거.

김성미　똥 싸고 나면 먹으라고 할 거지?

남건　야, 그 정도는 아니다. 그냥, 더러운 놈 구원해준다는 생
　　　　각으로 한 번만 싸줘라.

김성미　딴 사람 알아봐 오빠. 이 돈 잘 쓸게.

　　　성미, 짐 챙겨 나가려 한다.

남건　　야. 그럼, 하고 가.
김성미　뭐?

5장. 똥-배설 2/제안

　　　　같은 날. 호텔 객실
　　　　나갔다 다시 들어오는 성미.

김성미　오빠!
남건　　왜? 뭐 두고 갔어?
김성미　얼마라고 그랬지?
남건　　뭐가?
김성미　똥 싸주면 얼마 줄 거냐고? 오빠.
남건　　100.
김성미　150.
남건　　똥값치곤 너무 비싸다.
김성미　관두든가.
남건　　120.
김성미　콜.
남건　　돈은 싸면 줄게.

김성미 내가 정말 돈 때문에 별 짓을 다한다. 오빠, 정말 똥 같
        은 돈이다.

    잠시 암전.
    성미, 남건의 몸에 똥을 싼다.

남건   (조명 들어오면, 화장실에서 나오며) 야 변비 똥이라 그
        런지 치울 것도 없다. 깔끔한데. 내가 바라던 똥은 이런
        똥이 아닌데. (100만 원 주며) 그러므로 100.
김성미 뭐야? 오빠. 약속이 다르잖아. 똥값을 깎는 사람이 어디
        있어?
남건   야, 똥값에 공식 가격 있냐? 그리고 이건 기네스북에 오
        를 일이야. 똥값으로 100만 원 받았다는 거.
김성미 살다 별 미친 소리를 다 듣는다.

    남건, 똥 냄새를 제거하기 위해 아로마 향초에 불을 붙인다.
    성미, 갈 채비를 한다.

남건   성미야, 혹시 연극 좋아하니?
김성미 이 오빠 점쟁이네. 오빠. 사실 나 연기 전공이야.
남건   정말?
김성미 연극영화과 2년 조금 더 다니다 말았어. 어머니가 뇌출
        혈로 쓰러져서.
남건   효녀구나.
김성미 나도 잘 나갈 수 있었는데, 선생님들이 칭찬 많이 해주

셨단 말이야. 울 엄마 돌아가시면 바로 외국으로 뜰 거야.
우리 엄마 죽지도 않아요. 정말 웬수다. 병원비 때문에 사
채 쓰다가 내가 이 꼴 됐지만… 아 씨발 뭐 인생이 삼류
신파 같냐?

성미, 갑자기 운다.

남건   야, 뭐야? 갑자기 울면 나 보고 어떻게 하라고?
김성미 아저씨, 저도 원래 이런 일 할 애 아니거든요. 근데 씨발
        인생이 뭐 이래요? 웃으면서 살려고 해도 인생이, 사람들
        이 도와주질 않아요. 씨발 정말 돈 때문에 똥까지 팔고…

성미, 가려고 일어난다.

남건   야, 너 돈 벌고 싶지 않아?
김성미 돈 벌려고 똥 싼 년한테 뭘 그런 걸 물어? 당연히 벌고
        싶지.
남건   너 성인연극 본 적 있니?
김성미 벗는 연극 말하는 거야? 아니, 그런 게 있다는 말만 들
        었지. 왜?
남건   나랑 연극하자. 성인연극
김성미 나보고 무대에서 벗으라고? 오빠, 그런 저질 연극해?
남건   저질은 아니고. 사실 내가 그런 연극 제작도 하고 연출도
        하고 출연도 하는 사람이거든.
김성미 자랑이다.

남건 아니, 그러니까. 야, 이걸 어떻게 말해야 되나? (사이) 좋아. 솔직히 말하지. 나 니가 좋다.

김성미 헐! 나 같은 년 데리고 놀면 그만이지. 뭐가 좋아?

남건 오빠랑 같이 연극 하자는 여자애들 많아. 너니까 특별히 제안하는 거야. 나랑 같이 무대에 서자.

김성미 나 연기 해본 지 오래됐어.

남건 그건 걱정 하지 마. 우리 연극은 몸이 더 중요하니까. 내가 그랬잖아. 니 몸은 하나의 완벽한 사상이라고. 니 몸이 바로 주제야. 그리고 내가 있잖아. 내가 리드해 주면…

김성미 얼마나 줄 건데?

남건 한 달에 500이면 되겠니?

김성미 나 빚도 있는데. 5000만 원.

남건 그래, 그럼 계약금 조로 5000 선불. 월 500 어때?

김성미 그쪽 일하는 배우들 그렇게 받아?

남건 니가 알아보면 되잖아. 내가 많이 주는지 적게 주는지. 그리고 이 일 잘 하면 기회도 와. 일본에서는 이런 연극도 예술이라고 하는데, 우리나라는 니 말대로 구려서 저질이라고 욕하는 거야. 너 람보 주연한 실베스타 스텔론 알지? 그 남자도 사실 포르노 배우 출신이야. 야 그리고 막말로 요즘 보면 유명 여배우도 벗고 나오는 영화 많잖아. 못 벗어서 난리야. 그래야 뜨니까. 너 유명해지면 나한테 고맙다고 그럴 걸. 생각을 조금만 바꾸면….

김성미 지금 같이 공연하는 배우는 어떻게 하고?

남건 야, 말도 마. 가슴만 크지. 연기 꽝이야. 어디서 이상한 몸

짓만 배워가지고 섹만 써대는데 무대에서 내가 민망할
정도야. 천박해. 그리고 그만둔데. 뮤지컬 한다고.

김성미   다른 배우 찾아봐 오빠 아무래도 나는 좀.

남건   내가 사랑해 줄게.

김성미   오빠, 아니 아저씨 제 스타일 아니거든요.

남건   너 후회할 걸. 나 정말 우리 연극 업그레이드시키고 싶
어. 벗지만 아름다운 연극으로 말이야. 내가 이 연극 해
보니까 답이 나와. 그리고 이건 니가 좋아서 하는 말인
데. 같이 출연하다가 정들면…

김성미   정들면? 같이 살자구? 오빠 나 잘 모르잖아?

남건   0.3초, 난 0.3초면 사람 알아 볼 수 있어. 난 내 직관을
믿어. 너 정말 잘 할 거 같아. 그리고 정들면 같이 못 살
것도 없지. 사랑하는 사람들이 무대에서 옷 벗고 사랑을
나누는데 뭐가 문제야. 아름답지 않어? 사랑하지도 않는
사람들이 무대에서 사랑하는 척하는 게 힘들지. 사랑하는
데 뭐가 문제야. 길거리에서 연인들이 키스하는 거 보고
뭐라는 사람 없잖아. 그러니까. 너랑 나랑 사랑하는 사이
가 돼서…

김성미   돈 보다 그게 어렵겠다. 생각 좀 해보고 연락 줄게 오빠.
사실 나도 배우의 꿈은 아직 버리지 않았거든. 그래도 벗
는 연극은 좀…

남건   야, 똥까지 팔았는데 못 할게 뭐냐? 인생 뭐 있어 개같이
벌어서 정승같이 쓰면 되지. 너도 이런 호텔에서 지내고
싶지 않어? 사우나 공짜, 위트니스 클럽 공짜, 뷔페 공짜.

김성미   뷔페 공짜는 좀 매력적인데. 시간을 좀 줘 오빠.

남건　0.3초 줄게.

김성미　오빠!!

전환용 막간극
코믹한 음악과 영상이 나오면, 광대 분장을 한 배우가 나와서 재미난 몸짓을 하면 무대를 정리하고
공연의 필요한 소품과 의상을 정리한다. 광대는 코믹하면서 에로틱한 모양을 하고 있다.

6장. 연극연습1

며칠 후. 호텔 객실
둘은 연극 연습을 시작한다.
객실에는 공연 연습에 필요한 소품, 의상들이 널려 있다.

남건　준비됐지?

남건이 자세를 잡고 성미가 더듬는다. 더듬는 과정에서 자연스럽게 접촉이 일어난다. 성미, 남건의 주요 부위를 만지기도 한다. 반대로 남건이 손수건으로 눈을 가리고 성미의 몸을 더듬는다.

김성미   우리 둘이 꼭 좋아해야 하는 거야?

남건   몇 번을 이야기하니? 이렇게 해야 무대에서 자연스러운
         연기가 나온다니까.

김성미   (가슴과 주요 부위를 만지자 몸을 빼며) 오빠, 이 놀이
         야하다.

남건   가만있어. 자세 바뀌잖아. 재미있지?

김성미   애정이 막 샘솟는데.

남건   그렇다니까.

김성미   근데, 이거 약간 흥분되는데. 오빠 너무 더듬는 거 아니
         야?

남건   야, 이거는 너무 야한 자센데.

         서로의 자세를 확인하고 웃는다.

남건   이리 와봐.

김성미   왜이래 오빠? 느끼하게.

남건   넌 정말 너무 매력적이다. 어디 있다가 나타난 거니? 너
         만나기 전에 나의 삶은 삶이 아니야.

김성미   아, 연습이나 해.

남건   내가 생각해 본 건데, 연습하는 동안 여기서 나랑 같이
         지내면 안 돼?

김성미   뭐야? 벌써 동거하자고?

남건   그냥, 서로 친해지고 여러 가지로 내가 조언할 거도 많
         고. 대본 봐서 알겠지만 너랑 나랑 부부야. 젊은 부부.

김성미   연습비는 주는 거지?

남건　알았어. 내가 팍팍 투자한다. 내일 올 때 짐 싸와. 연습 들어가기 전에 간단하게 작품내용정리하면, 별 거 없어. 간단해. 큰 틀은 애정이 식은 부부가 애정을 되찾기 위해 다양한 인물로 변해서 다른 사람들의 성을 체험해보는 거야. 마지막엔 둘이 잃었던 사랑을 되찾고 행복하게 산다는 내용이지. 일종의 성클리닉이라고 할까. 정말 연기력이 필요해. 좀 더 구체적인 내용을 알고 싶으면 공연을 봐. 세 번 정도만 보면 금방 감 잡을 거야. 오늘은 첫 장면 연습하자. 먼저 대본부터 읽어 볼까.

남건은 남편 역, 성미는 아내 역을 맡아 서로 애정이 식어서 싸우는 장면을 연습한다.

남건　결국 자기 길을 가는 거야?

김성미　…

남건　넌 빵과 우유 난 밥과 찌개. 우리가 이렇게 다른 거야?

김성미　다른 걸 인정하면 되잖아.

남건　그럼, 결혼 전에 마치 니가 찌개를 좋아하는 거처럼 말한 건 거짓이야?

김성미　20년 넘게 먹던 거야. 어떻게 그걸 바꿔.

남건　(숟가락 집어 던지며) 맞춰 줄 수 없어?

김성미　왜 내가 맞춰?

남건　맞어. 너랑 나랑은 아침부터 달라 저녁까지 밤까지 달라. 각자의 길 가자. 이렇게 살 수는 없어. 우리의 관계는 거짓이야. 여기서 끝내자.

김성미 진심이야?

남건 너랑 같이 한 시간은 우리가 서로 안 맞는다는 걸 확인
한 시간이었어.

김성미 사랑은 했니?

남건 섹스만 했지.

김성미 뭐? 솔직히 말하지. 하나도 즐겁지 않았어. 너랑 하는
거.

남건 연기한 거네. 좋은 척. 서비스 한 거네. 니가 창녀야?

김성미 개새끼, 구멍이니까 쑤셔댄 거 아니야? 내가 아니어도
된 거 아니야?

남건 막 나가는구나.

김성미 그래 막 나가자. 여기서 뭘 더 바래?

남건 여기서 끝내자 이거지?

김성미 벌써 끝났어. 너 정말 재수 없는 게 뭔지 알어? 넌 유
머가 없어.

남건 뭐? 너는 정말 분위기 없는 여자야. 그리고 니 목소리
정말 짜증난다.

김성미 뭐? 아줌마로 만든 게 누군데?

남건 입 지저분해진다. 그만하자. 그만해.

김성미 내가 분위기 없다고?

남건 내가 유머 없다고?

김성미 내가 분위기 있으면?

남건 내가 유머 있으면?

김성미 넌 나를 몰라.

남건 너도 나를 몰라.

김성미 넌 내 매력을 몰라.

남건 너도 내 매력을 몰라.

김성미 시간을 줘. 난 이렇게 못 끝내. 내가 매력 있고 분위기 있는 여자라는 걸 증명하고 끝낼 거야.

남건 뭐야? 버티기야?

김성미 그래, 헤어져도 후회하게 만들 거라고.

남건 (박수치며) 와 연기 천재!

7장. 가인 동생의 죽음

남건 야, 무감. 내가 여기는 찾아오지 말라고 그랬지?

무감 전화가 안 돼서요. 급한 일인데.

남건 (문을 열며) 무슨 일인데?

무감 (성미가 있는 걸 보고) 조금 있다가 올까요?

남건 급한 일이라며?

무감 그게요…

남건 내려가서 연습하고 있어. (성미 나가자) 무슨 일인데?

무감 가인씨 있잖아요. 공연 못 하겠는데요.

남건 그게 무슨 말이야? 나랑 얘기 다 끝나는데.

무감 그게요… (울며) 가인씨 동생이 자살했어요.

남건 뭐?

무감 그게요… 어떻게 알았는지 가인씨가 성인연극 한다는 소문 듣고 몰래 우리 공연 보러 왔었나봐요.

남건 그래서?

무감 충격이 아주 심했나 봐요. 누나가 그런 일 하고 있을 줄은 꿈에도 몰랐나 봐요. 가인씨가 동생 끔찍이 위했는데…

남건 그래서 지금 가인이 어디 있어?

무감 병원에요. 사망진단서 나오면 조문도 안 받고 바로 화장할 작정인가 봐요. 어떻게 하죠? 가인씨. 어떻게 하죠? 공연.

남건 뭘 어떻게 해? 해야지. 죽은 건 죽은 거고 공연은 공연이지.

무감 그래도 배우가 없는데 어떻게? 오늘은 공연하기 힘들 것 같은데. 공지할까요?

남건 뭘 공지해? 예약손님은 다 어떻게 하고?

무감 환불해야 하지 않을까요?

남건 닥치고 있어. 안되면 내가 혼자라도 공연할 테니. 와, 미치겠다. 내가 이런 일 생길 거 같아서 더블 붙이자고 몇 번이나 얘기했는데 혼자 한다고 고집 부리더니… 도움이 안 돼. 걔는 도움이 안 돼.

무감 아 씨발, 그래도 사람이 죽었는데…

남건 어 이 자식 봐라. 너 매일 가인이랑 소주 까더니 니가 개 매니저야 뭐야? 아주 꼴갑을 떨어요. 아주 살림을 차려라. (사이) 마. 사람은 다 죽어. 그리고 남자 놈이 뭐 그깐 일로 명줄을 놔. 알았어. 내가 알아서 할 테니까 넌 괜히 까불지 말고 가만있어.

무감　그래도… 네. 연락주세요. (나가려다) 근데요, 인간적으로
　　　병원에는 가봐야 하는 거 아닌가요?

남건　이 자식이 정말. 지금 그게 문제가 아니라니까. 공연, 공연
　　　이 문제라고. 너 하루 빵구 나면 얼마나 손핸 줄 알아?
　　　야, 잠깐만 가인이 동생 죽은 거 비밀로 해. 기자 놈들이
　　　떠들어 대면 골치 아프니까. 야, 잠깐 아니다. 그냥 내버려
　　　둬. 내가 알아서 할게.

　　　무대감독 나간다.
　　　남건, 성미에게 전화한다.

남건　일단 올라와 봐. 빨리 와.

8장. 연극연습2

　　　남건은 의사 복(服)을 입고 있고 성미는 간호사 복을 입고 있다.

남건　성미야 오늘 연습은 어제 했던 거 다시 해보자. 지금까지
　　　아주 잘 했어. 무대에 서도 되겠어.

김성미　정말 오빠?

남건   이 작품, 연습해봐서 알겠지만 역할놀이처럼 하면 돼. 부
      담 갖지 말고. 대사가 틀리더라도 상황에 충실하면 돼.
      니가 틀리면 내가 리드할 테니까 나만 따라오면 돼 알았
      지? 딸꾹질 장면 가보자. 퇴장했다가 들어오는 데부터…

      둘은, 장면연습을 시작한다.

김성미 선생(딸꾹질) 님, 저 좀…
남건   무슨 일이야?
김성미 딸꾹질이 2시간 넘게 멈추지 않아서요. 선생님이 좀 봐
      주실래요.
남건   그래, 뭐 못 볼 것 봤구나. 가만 있어봐. 일단 심호흡하
      고 참아봐.
김성미 그건 벌써 해봤어요. (딸꾹질) 소용없어요.
남건   이건 뭐 내과 계통의 문제라고 보기도 힘들고. 한 번 혀
      를 내밀어 봐. 그리고 혀를 손으로 잡아 댕겨봐.

      성미, 시키는 대로 한다. 그래도 계속되는 딸꾹질.

남건   심각하구만. (사이, 버럭) 김 간호사 지금 뭐하는 거야?
      내가 이러면 어떻게 진료를 해?
김성미 아무 일도 할 수 없어서요.
남건   이년 이거 아주 나쁜 년이네. 쌍년아 니가 딸꾹질 하는
      걸 나보고 어떻게 하라고?
김성미 선생님, 왜 그러세요? 무서워요?

남건　이제 안 나오지? 딸국질.

김성미　선생님. 놀랐잖아요. (딸국질)

남건　뭐야? 이것도 효과가 없네. (사이) 김 간호사 치료방법이
　　　하나 있긴 한데. 김 간호사가 기분 나빠할 수도 있어서.

김성미　뭔데요? 이거 멈출 수 있다는데 뭘 못해요.

남건　정말? 정말이지? 뭐든지 할 수 있는 거지? 딴말하기 없기
　　　다. 이리 가까이 와봐.

　　　남건, 손을 김간호사 팬티 속으로 집어넣으려고 한다.

김성미　(따귀를 때리며) 선생님! 지금 뭐하시는 거예요?

남건　뭐야? 멈춰달라며?

김성미　그래도.

남건　그만둬. 뭐야? 나만 이상한 사람 만들고.

김성미　아니 그래도 (딸국질) 그렇지.

남건　나가봐.

김성미　선생님, 치료받을게요. 대신 불은 끄죠

남건　OK.

　　　남건, 불을 끈다.
　　　어둠속에서 남건, 성미의 옥문을 만진다.
　　　약하게 신음하는 성미.

남건　(불 켜고) 어때?

김성미　아, 아. 도레미파솔라시도, 전능하사천지를만드신우리주

예수그리스도민사오며 태정태세문단세 동해물과백두산이
마 르 고 닳 도 록 가 나 다 라 마 바 사 아 자 차 카 타 파 하
ABCDEFGHIJKLMNOPQRSTUVWXZ (사이) 정말 감쪽같
은데요. 야 신기하다. 어떻게 알았어요?

남건　민간요법이야. 나만의.

김성미　선생님, 고맙습니다. 제가 오늘 저녁 살게요.

남건　(딸국질하며) 김 간호사. 딸국질도 전염되나?

김성미　선생님!

남건　좋아. 잘하고 있어. 이 다음부터는 그냥 본능에 몸을 맡
　　　기면 되는 거야. 안 어렵지?

김성미　이건 정말 웃긴데. 오빠.

남건　바로 이거야. 에로와 코믹을 섞는 거. 가인이라고 지금
　　　공연하는 애는 코믹이 안 돼. 성미는 정말 훌륭하다. 오
　　　늘 바로 무대 서자.

김성미　뭐라고 오빠?

남건　이 정도면 충분해. 그리고 가인이가 오늘 사정이 있어서
　　　공연 못하게 됐어. 배신자. 내가 어떻게 해줬는데. 니가
　　　있어서 정말 다행이다. 너는 나의 구세주야.

김성미　오빠, 말도 안 돼.

남건　괜찮아. 런으로 한 세 번만 더 해보자. 알았지? 즉흥극이
　　　라고 생각하고 상황에 몸을 맡기라고. 애드립 쳐도 좋아.
　　　알았지?

김성미　오빠, 내가 정말 해낼 수 있을까?

남건　(화를 내며) 해! 해야만 해. 할 수 있다니까.

김성미　오빠.

남건 미안. 미안하다. (사이) 마지막 장면 연습하자. 가사 다 외
      웠지? 일단 의상부터 체인지 하자. (무감에게 전화를 건
      다) 어, 무감. 가인이 오늘 공연 못 하는 거 알지? 그래서
      오늘 내가 배우 하나 구했어. 원래대로 진행해. 어. 신발하
      고 의상 사이즈는 문자로 보낼 테니까 거기에 맞게 준비
      해 놔.

      둘은 의상을 갈아입는다.
      사랑을 회복한 후 두 사람이 사랑의 듀엣을 부르는 장면을 연습한
      다. '10월의 어느 멋진 날에'
      이 장면은 공연 장면과 겹친다.

9장. 축하파티

      케익에 불을 붙이고 축하 파티 하는 남건과 김성미.

남건 브라보. 김성미의 입봉을 축하하면서 건배. 고마워. 으이
      구 복덩어리.
김성미 고맙긴, 덜덜 떨면서 공연했는데 난 내가 뭐 했는지 기
      억도 안 나 오빠. 꿈꾼 거 같아.
남건 나 오늘 걱정이 하나 생겼다.

김성미 뭔데?

남건   니가 너무 유명해져서 나를 버리지는 않을까하는 걱정.

김성미 내가 정말 괜찮았어?

남건   괜찮은 정도가 아니라니까. 기립박수 나오는 거 봤지? 연극 하면서 기립박수 받아보기 처음이야. 그리고 관객들 반응 보려고 공연 끝나고 화장실에 무감 보냈는데 "생각보다 고급스럽다." "여자 몸이 예술이다." "처하고 같이 와야겠다." "딸국질 장면 너무 재밌다." 성미야 정말 고맙다. 드디어 우리 공연이 예술이 됐어.

김성미 오빠 나도 고마워. 무대에 서니까 뭔가 내 몸이 살아나는 느낌이었어.

남건   내가 뭐랬어? 할 수 있다고 그랬잖아. 이런 말하기 좀 쑥스러운데 난 연기가 아니었어. 그냥 자연스러운 감정이 나오더라고. 마지막 장면에서 내 눈빛 못 느꼈니?

김성미 오빠. 나도 고마워

남건   오빠 버리면 안 된다.

김성미 오빠도.

둘은 사랑을 나눈다.
두 사람 달아오르고 있는데 초인종 울린다.

남건   누구세요?

유가인 오빠, 나 가인이야.

남건, 당황한다.

　　　　문 열자 들어오는 유가인.
　　　　성미를 발견한다.
　　　　사람들 사이에 어색한 침묵이 흐른다.
　　　　유가인, 담배 피운다.

남건　　미안하다. 병원에도 못 가보고.
유가인　…
남건　　경황이 없겠지만 맘 단단히 먹어.
유가인　담뱃재야. 결국 인간도.
남건　　(사이) 여기는 오늘부터 공연 시작한 김성미. 여기는 내가
　　　　말했던 유가인.

　　　　성미, 가인에게 가볍게 인사한다.

유가인　오빠, 이제 나 어떻게 해?
남건　　산 사람은 살아야지.
유가인　성미라고 그랬나? 너 좀 나가줄래?
김성미　네?
유가인　내가 언니 같은데 좀 나가달라고.
김성미　뭔데 나가라 말라야?
유가인　나도 내가 무슨 말을 할지 모르니까. 나가.

　　　　분위기 험악해진다.

남건　　성미야, 잠깐만 나가 있다가 와.

성미, 나간다.

유가인, 술을 따라 마신다.

유가인　오빠, 나 공연 계속할래.

남건　　뭐?

유가인　무대에 계속 설 거라고.

남건　　너, 오늘 내가 어떻게 공연했는지 알아?

유가인　연락 못 한 건 미안해. 하지만 내가 안한다고 한 건 아니잖아.

남건　　넌 프로가 아니야. 나, 우리 어머니 돌아갔을 때도 공연했어. 너도 알잖아?

유가인　오빠. 부탁하자.

남건　　안 돼. 이미 너랑 나의 관계는 끝났어.

유가인　오빠, 내가 죽어도 무대에서 죽는다고 그랬잖아.

남건　　니 맘 알겠는데 늦었어.

유가인　오빠, 우리가 이거밖에 안 돼? 우리 공연 여기까지 온 거 나 없이 가능했을 거 같아? 하루, 하루 공연 안했을 뿐이야. 하루도 못 기다려 줘? 그 년 때문이야? 아까 그 년? 나 얘기 듣고 왔어.

남건　　그래 1년을 한 너보다 하루 한 개가 훨씬 났더라. 됐니?

유가인　뭐가 나?

남건　　다. 모든 면에서 다 나. 격이 달라.

유가인　오빠, 내 동생 죽음하고 맞바꾼 무대야. 여기서 그만 둘 수 없어. 그 애 포기해.

남건　　못해. 그리고 나 그 애 사랑해.

유가인   뭐? 사랑? 오빠가 사랑을 알어? 거짓말 하지 마. 내가
         가만 있을 거 같아.

남건   가만 안 있으면?

유가인   내가 만든 대사 내가 만든 움직임 다 빼. 이 작품 내 작
         품이기도 해.

남건   뭐? 너 막 나가는구나. 빼라면 내가 못 뺄 거 같아. 니가
         만든 쓰레기 같은 대사 니가 만든 쓰레기 같은 동선 다
         뺄게. (사이) 아주 소송을 해라.

유가인   좋아. 그 애 포기 못한다면 더블로 해.

남건   그만둔다고 했잖아.

유가인   언제 그만 둔다고 했어? 정당한 대우를 해 달라는 거였
         지.

남건   물 건너갔어. 퇴직금으로 남은 기간 출연료 줄 테니 그만
         둬. 더 이상 아무 말 하지 마. 이렇게 신뢰가 무너진 상
         태로 무대에 설 수 없어.

유가인   오빠, 나 보고 어딜 가라고?

남건   뮤지컬 한다며? 왜 오디션 보는 족족 떨어졌니? 그랬구나.

유가인   오빠, 나 모아둔 돈도 없고 오빠 말대로 늙었어. 어디 가
         서 뭘 해? 이제 나 혼자야 죽을 사람도 없어. 나 말고는.
         (무릎 꿇고) 대표님, 제발 나 좀 살려줘요. 이렇게 빌게
         요. 이제 무대만이 나를 위로해 줄 수 있어요. 무대가 나
         의 전부예요. (옷을 벗으며) 나 이 몸밖에 없어요.

남건   빨리 옷 입어. (사이) 이런다고 바뀌는 거 없어. 그리고
         난 사랑하는 사람과 공연하고 싶어. 그리고 너랑 하는 공
         연은 내가 바라는 공연이 아니야. 너랑 공연하면 작품이

천해져. 싸구려가 된다고.

유가인 그 말 취소해. 누가 해도 이 작품은 천해. 누가 해도 이 작품은 쓰레기야.

남건 그만해! (사이) 넌 지금 정상이 아니야. 좀 쉬면서 다른 일 찾아봐.

유가인 야 이 씨발놈아, 뭐? 정상이 아냐? 그럼 이런 상황에서 정상이면 그게 인간이냐? 사람 하나 죽여 놓고 뭐라고? 날 이렇게 만든 게 누군데. 개새끼. 살인자.

남건 그래, 나 개새끼야. 그래 나 살인자야. 그래 그래 씨발 욕으로 끝내자. 그게 너답다. 너랑 나랑은 이 정도밖에 안 되는 사이였어. 그러니까 이제 그만 꺼지라고. 가서 담배나 피우라고.

　　　남건, 가인을 잡아끈다.

유가인 더러운 손 놔. 내 몸이 썩을 거 같으니까 이 손 놔. 악마 같은 새끼야. 놔. (가인 나가다가 돌아와서 술잔의 술을 남건에게 끼얹는다) 개새끼! 너랑 같이 같은 무대에서 같은 공기를 마셨다는 게 수치스럽다.

　　　가인, 나간다.
　　　남건, 얼굴을 닦고 김성미와 통화한다.

남건 별 일 아니야. 신경 쓰지 마. 오늘 정말 잘했어. 오늘 못 와? 어머니 병원에서 보낸다고? 그럼 내일 공연 전에 내

방에서 연습 좀 더 하자. 오늘 잘 했어. 사랑해.

남건, 전화 끊는다.

남건   (전화해서) 박 기자 나야 건이 형. 대박꺼리 하나 있는데,
나랑 같이 공연하는 유가인 알지? 유가인 남동생이 하나
있었는데 어제 자살했어. 어떻게 알고 우리 공연 보러 왔
다가 누나 출연하는 거 보고 충격을 심하게 받았나봐. 자
료 내가 보낼 테니까 기사 잘 부탁해. 지하팡카에서 술 한
잔 진하게 빨아야지? 오케이? 오케이.

10장. 노상국의 유언

광장근처 공터.

노상국 (시너통을 들고) 이거? 광장에서 파업하는 동지들 춥잖아
그래서 내가 불 좀 지필라고. 여보, 미안해 병신 만나서
고생 많았지? 살면서 당신한테 졸음만 준 거 같아서 미안
해. 당신 좋아하는 황태국 끓여 놨으니까 잘 먹고. 보름달
같은 계란 노른자도 올려놨어. 계란 노른자 보는데 당신

얼굴이 자꾸 생각나대. 여보 사랑해. 첫째야, 둘째야 아버지가 니들한테 잘한 준 거 없지만 이것만은 말할 수 있을 거 같다. 이 아버지 가진 건 없어도 정말 뜨겁게 살았다. 힘들어도 웃음 잃지 말고. 울면 지는 거야. 살다보면 언젠가는 좋은 날도 오지 않겠니? 내가 니들을 낳고 키워서 미안하다.

노상국, 시너를 몸에 붓는다.
라이터를 꺼내 켜본다.

11장. 가인의 죽음

극장. 밤
유가인 무대 의상을 갈아입고 있다.

유가인　꽃아 너는
　　　　먹먹함으로 예감하고
　　　　꽃아 너는
　　　　아림으로 고개 들고
　　　　꽃아 너는
　　　　피처럼 피었다가
　　　　꽃아 너는

생각처럼 흔들리다
꽃아 너는
웃음처럼 지는구나

유가인, 노래하고 나서 웃는다.

유가인 웃음처럼 지는구나?! (사이) 너의 연기는 천박해. 너의
연기는 싸구려야. 그리고 너의 죽음도 싸구려야.

12장. 안마사의 방문/고백

호텔 객실.

유정숙 저기요. 저 술 한 잔만 주면 안돼요?
남건   안될 건 없는데… 부르지 않았는데, 무슨 일이죠?

남건, 유정숙에게 양주 한 잔 따라 준다.
단숨에 마시는 유정숙.

남건   한 잔 더 드릴까요?
유정숙 아니요. 됐어요. (사이) 저기요. 저번에 저한테 한 제안

　　　　　아직도 유효한가요?

남건　　　네?

유정숙　　오줌. (사이) 싫으면…

남건　　　아니에요.

유정숙　　어떻게 하면 되죠?

남건　　　오줌 대신 똥. 가능해요?

유정숙　　(사이) 네.

남건　　　돈은 왜?

유정숙　　남자친구가 수술해서요. 어떤 분이 안구 기증해서 수술
　　　　　비가 필요해요. 시신경이 살아 있어서 각막을 이식 받으
　　　　　면 볼 수도 있대요. 성공할 확률은 그렇게 높지는 않다
　　　　　고 하는데 하는 데까지는 해봐야죠.

남건　　　수술비가 얼만데요?

유정숙　　잘은 모르겠는데 500만 원 정도 드나봐요. 조금이라도
　　　　　보태려고.

남건　　　그래요? 그럼 저번에 했던 노래도 가능해요? 돈 더 드릴
　　　　　게요.

유정숙　　네. (일어나서, 사이)
　　　　　"봄이 오는 아리랑 고개
　　　　　님이 오는 아리랑 고개
　　　　　가는 님은 밉상이요 오는 님은 곱상이라네
　　　　　아리 아리랑 아리랑고개는 님 오는 고개
　　　　　넘어 넘어도 우리 님만은 안 넘어와요"
　　　　　(사이) 앞이 보이면 저를 싫어하겠죠? 저를 버릴 수도
　　　　　있겠죠?

남건   아니요. 정숙씨가 얼마나 미인인데.

유정숙 누우세요.

남건   (음악 틀고) 그래요. 정숙씨는 시를 쓰는 거에요. 지금. 아
       니 예술을 하는 거에요. 이 세상에 단 하나밖에 없는 정숙
       씨와 나만의 예술. 지금이 지나면 없어지는 예술.

       잠시, 암전.
       유정숙, 시를 외우며 남건의 알몸에 똥을 싼다.

유정숙 봄은 먼저 노랑으로 고개 들고
       서성이다 혼자 불러보는 그 이름 깃들 곳을 알 수 없다
       바람 불어 풍경은 완성되고
       시간은 어디 갔는지 가을이 저 먼저 와
       어떤 길을 빠져 나간다
       아 왔구나 여기까지
       아 갔구나 오래아주멀리
       이유 없이 아픈 이 봄
       나보다 아픈 이 봄을 내 어찌 질투할까
       그렇게 매달리고 수선떨다
       그렇게 턱없이 우두커니 그대를 보내고
       나 또 어떤 꽃을 피울까
       아 잔인한 4월이여
       대지는 임신 중이고
       너는 이유 없이 하혈한다

조명 들어오면 남건, 지갑에서 백만 원짜리 수표 5장을 꺼내 정숙
의 손에 쥐어 준다.

남건   얼마 안돼요. 잃어 버리면 안돼요.
유정숙 왜? 이렇게 많이 안주셔도 되는데.

정숙, 돈을 돌려주려고 한다.

남건   아니에요. 정숙씨가 내 영혼을 안마해 줬잖아요. 예술에
       대한 대가치고 너무 싼 거 아닌가 모르겠네요. 부담되면
       나중에 갚으세요.
유정숙 그래도…. 고마워요.

남건, 술 한 잔 마시고 아로마 향이 나는 초에 불을 붙인다.

유정숙 좋은 냄새가 나요.
남건   미안해요. 이렇게 더러운 일 부탁해서.
유정숙 괜찮아요. (사이) 저기 장애인 성봉사라고 들어봤어요?
       장애인들도 욕구가 있잖아요. 그런데 해결할 방법은 없
       고… 저 몇 번 해봤어요.
남건   정숙씨 남자 친구 있잖아요.
유정숙 아니요. 그러니까. 제가 봉사활동 갔어요. 다운증후군 걸
       린 친구들 있잖아요. 그 친구들하고 몇 번 해 봤어요. 근
       데 그 친구들 얼마나 그걸 하고 싶었는지 보통 한 번 갈
       때마다 다섯 번씩 하고 싶어해요.

남건   남자친구한테 미안하지 않아요?

유정숙 미안해요. 하지만… 그 친구들도 … (사이) 어릴 때 아버지랑 산책 나간 적 있어요. 노을이 아주 멋지게 든 저녁 무렵이었는데, 감자밭 울타리 위에 풍뎅이 수천 마리가 암수 짝을 이뤄 붙어 있었어요. 정말 많았어요. 별처럼. 내가 아빠한테 풍뎅이들이 뭐하는 거냐고 물어봤더니 아빠가 그랬어요. 사랑하는 거라고. 풍뎅이도 사랑을 하는데….

남건   (음악을 끄고) 궁금하지 않아요? 내가 왜 이러는지.

유정숙 무슨 이유가 있겠죠.

남건   내가 연극한다고 했었죠.

유정숙 네.

남건   벗는 연극해요. 나란 인간.

유정숙 …

남건   제가 어떻게 돈 버는지 모르죠?

유정숙 …

남건   저 돈 많이 벌었어요. 1년에 10억 넘게 벌었어요. 성인연극, 아니 벗는 연극해서 번 돈이에요. 근데, 노조하다 정리해고 된 선배가 찾아와서 돈 2000만 빌려달라고 하는데도 돈 없다고 거짓말 했어요. 돈이 없어서 콩팥 하나를 판 형이었는데. 같이 출연하는 여배우가 있어요. 부모님 다 돌아가고 대학교 다니는 남동생이 있었는데, 어떻게 알고 우리 공연을 보러 왔다 자살했어요. 자기 누나가 무대에서 알몸이 돼서 나뒹구는 걸 보고 심한 충격을 받은 거죠. 근데 저는 공연만 걱정했어요. 공연 취소 돼서 손

해 볼 일만 생각했어요. 아는 기자한테 남동생 죽은 거
기사화해 달라고 부탁했어요. 그래야 이슈가 돼서 사람이
많이 오니까요. 그리고 새로 같이 공연하게 된 여배우도
속였어요. 사랑하지도 않으면서 사랑한다고. 그래야 연기
가 자연스럽다고. 그 여자 내가 정말 자기를 사랑하는 줄
알아요. 다 공연을 위해 거짓말을 한 건데. 돈 벌기 위해
거짓말 한 건데. 저 정말 더러운 놈이죠. 그런데 말이죠.
이렇게 누가 내 몸에 똥을 싸주면 말이죠. 이상하게 마음
이 편해져요. 그래 나는 똥이다. 그래 나는 더러운 놈이
다. 똥보다 못한 놈이다. 이렇게 더러워졌는데 내가 못
할 일이 뭐가 있겠냐? 일을 해야 하니까. 더러운 일을 해
야 하니까. 그래 욕해라. 그래 욕을 해. 개새끼, 씨발 놈.
삼대를 말아 먹을 놈. 좆만한 새끼. 거짓말만 살살하면서
뒷돈이나 챙기는 인간 말종. 사람 죽여 놓고 미안하다는
말 하나 안하는 놈. 개좆같은 새끼.

유정숙　아저씨 그러지 마요. 아저씨 나쁜 사람 아닌 거 알아요.
　　　자신을 속이지 말아요.

남건　나쁜 새끼. 추악한 놈. 똥 같은 놈.

유정숙　그리고 아저씨보다 나쁜 사람들 많아요. (사이) 아저씨,
　　　얼굴 만져 봐도 돼요.

남건　…

유정숙　(남건의 얼굴을 더듬어 만져보며) 착하게 생겼네요. 아
　　　저씨 울어요? (사이) 아저씨, 저 술 좀 줄래요?

　　남건, 반응 없다.

정숙, 더듬 술잔을 찾아서 술 따라 마신다.

유정숙 아저씨, 춤추게 음악 좀 틀어 주실래요?

남건, 반응 없다.
유정숙, 더듬더듬 테이블 위의 리모콘을 찾아 음악을 튼다.
음악 나오자 몸을 흔든다.

유정숙 아저씨 같이 춤춰요. (입으로 음악을 따라하며 혼자 춤춘
다) 아저씨, 내 몸이 막 촛불처럼 타오르는 거 같아요. 와!
우! (사이) 아저씨, 부탁이 있는데 저 촛불집회 좀 데려다
줄래요?

남건, 반응이 없다.
유정숙, 더듬더듬 커튼을 걷고 창문을 연다.
바람이 불어 와 커튼이 움직인다.
밖에서 들려오는 촛불집회 소리.
유정숙, 집회소리를 듣고 반응한다.
저 멀리 보이는 촛불들의 향연.

남건 창문을 닫아줘요. 나는 저들에게 갈 수 없는 사람이에요.
나는 이 높은 곳에서 저들을 비웃는 비열한 놈입니다. 나
는 똥입니다. 나는 갈 수 없어요. 이 방에 처박혀 저들의
불을 끄려고 하는 사람입니다. 나는 갈 수 없어요.
유정숙 아니요. 누구나 갈 수 있어요. 저기는 온통 잔치인 걸요.

들어봐요. 저 춤추는 촛불들을. 아저씨는 볼 수 있잖아요. 분식집 아저씨, 파출부 아줌마, 재수생, 학원 선생님, 청소부 아저씨, 농부들, 편의점 알바생, 목사님, 신부님, 스님, 교복 입은 학생들. 대학생, 탤런트, 개그맨, 가수, 노래방 도우미. 꼬마 아이가 아장아장 걸어가요.

남건   못 가. 제발 창문을 닫아. 이 방이 좋아. 이 똥 냄새 나는 방이 좋다고.

유정숙   (남건에게 오며) 그럼, 우리 여기서 촛불집회 해요. 아저씨가 그랬죠? 술 마시면 온 몸이 촛불이 된다고. 아저씨, 아저씨도 술 마셨죠? 아저씨 어디 있어요? (더듬거리다 남건을 발견하고 일으켜 세워 춤추려고 하며) 아저씨, 이제 아저씨하고 저하고 촛불이에요. 우린 서 있잖아요. 같이 춤 춰요. 아저씨 다 태워 버려요. 아저씨 춤 줘요.

남건   (뿌리치며) 못해. 난 할 수 없어.

유정숙   (춤추다가 광장의 소리가 커지자) 사람들 소리가 내 속에 들어오는 거 같아요. 사람들이 내 피를 타고 들어와요. 떼를 지어 흘러가요. 반딧불이처럼 흘러가요. 흘러가다 집이 돼요. 흘러가다 산이 돼요.

김성미   (들어오며) 오빠, 우리 엄마가 죽었어. 집도 한 번 가져 본 적이 없는 그년이 죽었어. 딸년 손에 봉숭아 꽃물 들여 주던 그년이 죽었어. 파출부만 30년 한 그년이 죽었어. 딸년 창녀 만든 그년이 죽었어. 씨발 우리 엄마 멋있다. 씨발 우리 엄마 나 좆나 사랑한다. 난 이제 완벽한 고아야. 난 이제 해방이야.

유정숙   사람들이 해가 되어 타올라요. 해가 까매져요. 시커먼데

타올라요. 시커먼데 빛이 나요. 어두운데 타올라요. 타오르
다 온통 하얘져요. 아저씨, 아저씨도 보이죠?

유정숙, 춤춘다.

남건 안 보여. 아무 것도 안 보여. 난 할 수 없어. 다 연극이고
다 가짜야. 다 가짜고 다 거짓말이야. 더 더러워지고 싶
어서 나를 속이려고 하는 연기야. 내 눈물, 내 웃음, 내
감정 모두 가짜야.
유정숙 아저씨, 이제 우리 모두가 촛불이에요.
김성미 (향초를 들고) 자 그래 우리도 이제 촛불을 들어.
유정숙 우리 몸이 촛불이에요. 아저씨 다 태워 버려요.
김성미 다 태워버려.
유정숙 아저씨 이제 모든 방이 광장이 됐어요.
김성미 자 손을 높이 들고 이렇게 이렇게 이렇게.
유정숙 이 건물 저 건물 모든 방에서 수많은 사람들이 촛불을
켜고 우리랑 같이 춤추고 있어요.
김성미 우리는 절대로 죽지 않아. 우리는 절대로 울지 않아.
유정숙 봐요. 아저씨도 보이죠?
김성미 만세 만세 만세!
남건 아니야. 못해. 못해. 아니야. 안 보여. 아무것도 안 들리고
아무것도 안 보여.

촛불집회광장에서 분신하는 노상국.
비명소리.

남건　(창문 닫으며) 나가. 다 나가! 다 꺼져 버려.

　　무대감독이 들어온다.

무감　가인씨가 극장에서 극장에서 알몸으로 목을 목을…

　　남건, 아연해 한다.

김성미　우리는 절대로 죽지 않아. 우리는 절대로 울지 않아. 만
　　　세 만세 만세.
유정숙　아저씨, 우린 서 있죠?

12장. 災

　　무대감독, 가인의 유골함을 들고 있다.
　　흐느낀다. 무대감독, 담배를 태워 유골함 위에 향처럼 올려놓는다.

무감　가인씨 재는 뭐에다 쓰는 거죠?

13장. 醜惡

호텔 객실
남건, 비싼 검은 정장으로 차려 입고 있다.
남건, 창문을 열고 투신자살하려는 듯한 자세를 하고 아래를 쳐다
본다.

남건 오는 데 20년. 가는 데 3초.

전화 온다.

남건 (전화 받으며) 네? 상국이형이 분신을 했다고요? 알았습니
다. (사이, 전화 끊는다) 형, 왜 그랬어? (사이) 병신들 왜
빨아보지도 못하고 죽어? 왜 갑질 한 번 해보지도 못하고
죽어? 왜 죽고들 지랄이야? 왜? 왜? 왜? (사이) 흔들려선
안돼. 여기서 밀리면, 여기서 약해지면 안 돼. 여기서 밀리
면 안 돼. 나는 돈, 자본, capital이야. 자본이 내 머릿속에
들어 앉아 사고하고 계산하고 선택하고 명령해. 내 머리
내 감정 내 살 내 세포 내 피 내 땀 내 표정 내 영혼 내
언어 내 의식 모두가 자본이야. 자본 때문에 생각하고 자
본 때문에 모험하고 자본 때문에 불안하고 자본 때문에
잔인하고 자본 때문에 금욕적이고 자본 때문에 사악해. 자
본 때문에 이별하고 자본 때문에 무관심하고 자본 때문에
열정적이야. 절도 교회도 학교도 꿈도 사랑도 보이지 않는

전파도 흐르는 강물도 싸늘한 시체도 자본에서 벗어날 수 없어. 나는 자본이야. 나는 남건이야. 나는 남로당 건설 담당이야. 나는 도덕적으로 완벽해.

남건, 음악을 튼다.

남건 헨델. 로얄 샬류트. 벤트리. 영혼의 안마. 잔인한 4월. 버자이너 페인팅. 용주꼴. 바벨탑. 디 엔드. 섹스피아. 삼류신파. 위트니스 클럽. 사망진단서. 지하빵카. 나만의 예술. 아리랑. 성봉사. 풍뎅이 수천마리. 봉숭아꽃물. 해방. 어떤 서 있음. (소파에 제왕처럼 앉아서)) 20년. 3초. 자본. 도덕. 추악. 촛불 200만 개. 남건. (선글라스를 쓰고) 오 헤르메스!

-끝-

그길로
사랑해서 꾼 꿈이라면 내가 꿈인들 꿈이 나인들

등장인물 : 선묘
　　　　　　　의상
　　　　　　　육대인
　　　　　　　월산
　　　　　　　대술
　　　　　　　정표
　　　　　　　유학생들
　　　　　　　월산패들
　　　　　　　뱃사공들
　　　　　　　군인들

프롤로그

해설자 안녕들 하십니까? 반갑습니다. 눈동자들이 밤하늘의 별처럼 빛나는 것이 어찌 여러분 눈동자에 담기고 싶네. 저 좀 담아 주시겠습니까? 벌써 담았다고? 그럼 맴에도 담아 주실랑가? 잡설이 길다고요? 내 소개를 해야겠네. 나요? 나가 이야기꾼이요. 그래서 좋은 이야기 하나 해 주려고 이 자리에 나왔소. 경상북도 영주하고도 부석사 아시죠? 그 부석사에는 선묘라는 아리따운 처자와 화엄사상을 이 땅에 퍼뜨린 의상대사의 아름답고 지고지순한 사랑이야기가 전해져 내려와요. '의상대사를 사모한 선묘가 죽어 용이 되어가지고 산적들, 그러니까 절을 못 짓게 하는 산적들을 부석, 그러니까 뜬 돌, 엄청나게 큰 바윗돌을 들었다 났다 해서 썩 물리치고, 의상대사가 부석사를 건립하는 것을 도왔다' 이것이 전해오는 이야기의 요점입니다. 혹시 이 이야기를 진짜라고 믿는 건 아니겠죠? 그런데 이 믿을 수 없이 허벌나게 아름다운 이야기는 어떻게 생겨난 것일까요? 사람들은 왜 이런 이야기를 만들어 낸 것일까요? 혹시 말 못할 곡절한 사연을 숨기고 있는 것은 아닐까요? 자 그럼 이 이야기가 어떻게 생겨났는지 내 이야기 한번 들어보시겠습니까? 때는 신라가 당나라와 힘을 합쳐 백제를 치고 고구려까지 넘보는 시절. 우리 이야기의 주인공들도 어쨌거나 저쨌거나 이 시절을 살았구나 해설자, 창으로 인물을 소개한다.
창의 내용은 그림자극으로 표현된다.

해설자 (창으로) 선묘는 백제처자. 미색은 경국지색 출신은 귀족
       이나 전쟁 중 부모 잃고 유일한 혈육 오라비 월산과 함께
       신라에 잡혀가니 월산은 노비 되고, 선묘낭자는 당나라에
       공출되어 배에 오르는구나. 배타고 가는 도중 신세를 비관
       한 선묘는 바다에 몸을 던지는데, 인명은 재천이라 그곳을
       지나던 육대인이 선묘를 발견하여 목숨을 구해내는구나.
       여기서 잠깐 이 육대인이 누구냐? 본래는 신라사람. 전쟁
       에 반대하여 조정에 대들다가 그것이 화근 되어 당나라로
       쫓겨나는데 당나라에서 약재상을 크게 하여 떼돈을 벌었
       구나. 이것도 인연이라 육대인은 선묘를 수양딸로 삼아 아
       끼고 보살피니 선묘의 얼굴은 날로 날로 피어나는구나.
        의상은 신라총각 출신은 진골이나 깨달음의 길을 따라 당
       나라 유학길에 오르니 원효와 동행하는구나. 원효는 해골
       바가지에 있던 물을 마시고 깨달음을 얻으니 일체유심조
       라. 다 마음의 문제구나. 해탈도 고통도 다 마음에 달렸구
       나. 깨달음을 얻었으니 유학은 필요 없는 일. 원효는 발길
       돌려 신라로 향하는데, 의상은 그와 달라 배움에 목이 말
       랐으니 배를 타고 당으로 당으로 향하니 마침내 당나라에
       도착하는구나.

1장. 만남

당나라, 유대인의 집

유학생들 (책장을 넘기며) 대학지도는 재명명덕이요
　　　　　신라지도는 재육두품이라
　　　　　신라의 앞날 위해 당나라 유학 오니
　　　　　앞날이 깜깜한데 우리를 거둔 사람
　　　　　일이삼사오육 육대인
　　　　　일이삼사오육 육두품의 참아버지
　　　　　밥 주고 재워주니 우리는 공부한다.
　　　　　일 일반적으로 말해
　　　　　이 이상한 현실에서
　　　　　삼 삼삼한 여자 만나
　　　　　사 사귀고 사랑하며
　　　　　오 오십년 살고 지면
　　　　　육 육두품 출세한 것

　　　　유학생들은 현란한 책(冊) 춤을 춘다.

유1 야, 오늘 신라에서 누가 온다고 하던데.
유6 중이라고 하던데.
유2 진골 출신이래.

유4 진골이 육대인집에는 왜?

유2 육대인과 오늘 오는 친구의 아버지가 친구래.

유5 (술 취해서) 아버지 친구의 아버지? 친구 아버지의 친구? 그게 뭐야?

유학생들 밥 주고 재워주니 우리는 술 마신다
　　　　일 일단 따라봐 일단 마셔봐
　　　　이 이게 말이야 이런 걸 말이야
　　　　삼 삼배! 후래자 삼배라던데
　　　　(의상이 들어오자 의상에게 술을 주며) 마셔!
　　　　사 사양하지 마시고 마셔
　　　　오 오늘만 허락한다 너 중이여
　　　　육 육신을 쉬게 하자 마셔

　　유학생들이 의상을 난처하게 만들고 있을 때, 선묘와 육대인 나온다. 유학생들 전부 선묘만 쳐다보고 있다.

육대인 왜 이리들 소란스러운가? (의상을 발견하고) 아니 이게 누구신가? 내가 사람을 보냈는데 길이 어긋난 모양이네. 어서 오시게. 먼 길 온다고 수고 많았네. 그래 아직도 해동은 전쟁 중인가?

의상 얼마 전에 나당 연합군에게 백제가…

육대인 알았네. 뒷말은 하지 말기로 하세. 전쟁이 언제나 끝날런지… 아 소개를 해야지. 이쪽은 불교공부차 입당한 신라 청년 의상이라고 하고 그리고 이쪽은 우리 집에서 같이 지내는 신라 유학생들이네. 몇 명이 더 있는데, 인사는 차차 하기로 하세. 자네들 낮술 먹었나? 이런 답답한 친구들. 아 뭐하나 어서 들어가서 글공부들 하지 않고? (유학생들 들어가자) 이쪽은 내 수양딸 선묘라 하네. 원래는 백제 처자인데 딱한 사정이 있어 지금 나랑 같이 있네. 이곳에 있는 동안 말벗이나 되어주게. 마음이 많이 아픈 아이네. (사이) 들어가세나. 들어가서 해동 땅 소식 좀 전해 주게. 아버님은 잘 계시지?

육대인과 의상, 숙소로 들어간다.
혼자 남은 선묘, 자기도 모르게 마음이 의상에게 가는 것을 느낀다.

선묘   흔들리는 내 마음
        그 사람일 것 같은 예감
        하늘이 정해준 내 사람 저 사람일까
        태초에 예비된 만남 저 사람일까
        내 마음의 창 열리는 이 느낌 저 사람일까
        나 지금까지 살아 있는 이유 저 사람일까
        저 사람 여자를 사랑해선 안 될 저 사람
        내가 사랑해도 될까

        흔들리는 내 마음 바람은 알까
        흔들리지 않고 어찌 꽃필까
        움직이지 않으면 어찌 마음일까

하지만 숨겨야 돼
흔들리는 이 내 마음
알 수 없는 이 내 마음

유학생인 대술, 술이 취해 들어와 자기의 맘을 몰라주는 선묘에게
추근댄다.

대술   -꼬장의 노래

어떻게 좀 해줘 너 때문이야
아름다운 건 치명적 죄
니가 나를 욕망케 해 니가 나를 취하게 해
너 때문에 잠도 못 자 너 때문에 밥 맛 없어
너 때문에 술만 마셔 너 때문에 나 바보가 돼
나를 갉아 먹는 이 내 욕망, 너를 좋아하는 이 내 욕망
어떻게 좀 해줘

일꾼들 손에 끌려가는 대술.
뒤이어 들어오는 남자들. 선묘에게 자기 맘을 알아달라고 소란을
피운다

유학생들   어떻게 좀 해줘 너 때문이야
아름다운 건 치명적 죄
니가 나를 욕망케 해 니가 나를 취하게 해
너 때문에 잠도 못 자 너 때문에 밥 맛 없어

너 때문에 술만 마셔 너 때문에 나 바보가 돼
나를 갉아 먹는 이 내 욕망, 너를 좋아하는 이 내 욕망
어떻게 좀 해줘

육대인 그만. 그만! 왜들 이러는가? 내 딸 때문인가?

유학생들 저를 주세요. 넘겨주세요. 믿어주세요. 미치겠어요.

육대인 못난 것들. 어찌 여자를 떼를 써서 취하려 해? (사이) 좋
        다. 나도 남자다. 어찌 젊은 청춘의 연정을 이해 못하겠
        는가? 우리 선묘의 배필을 정해주겠다. 단 조건이 있다.
        우리 선묘를 웃기는 자가 우리 선묘의 배필이 될 것이다.
        이틀 뒤에 선묘 웃기기 대회를 개최할 것인데 그때 선묘
        를 웃긴 자가 선묘와 배필이 될 것이다. 알겠는가?

선묘   아버님, 어찌 저한테는 묻지도 않고. 저는 하지 않겠습니
        다.

육대인 안다. 내가 웃고 싶어서 그런다. 너도 그렇고 나도 그렇
        고 우리 웃어본 지가 그 언제냐? 전쟁 때문에 아픈 소식
        들만 전해오니 어찌 편하게 하루라도 웃을 수 있겠니?
        하지만 우리 이번 기회에 그냥 한번 웃어나 보자.

2장. 선묘 웃기기

육대인과 선묘가 자리를 잡은 가운데 유학생들이 나와서 선묘를 웃기기 위한 개인기를 보여준다.

유1   저는 나이 먹어 치매 끼가 있는 학자흉내를 내겠습니다. (선묘에게 다가가) 내가 요즘 정신이 오락가락 해서 사람 이름이 생각이 안 나, 니 이름이 뭐지 선묘야? (선묘 안 웃자) 이건 웃을 걸. 그리고 이 남자가 책을 읽습니다.

유1은 왼손에 침을 묻히고 오른손으로 책장을 넘기는 남자를 흉내낸다. 육대인, 껄껄 웃는다.
선묘, 안 웃는다.'땡'

유2   저는 발음이 이상한 사람을 흉내내보도록 하겠습니다. (유2는 받침을 빼고 발음한다). "야 저마 미치게구마 아 시겨 지 나 너 이 이 저마 자지해서 하 거야"

사람들은 웃는데, 선묘는 계속 웃지 않는다.
마지막으로 대술이 나와서 선묘를 웃기려고 한다.
대술의 개인기는 술 취한 장님 흉내인데 그야말로 모든 사람을 포복절도하게 만든다.
웃기 않는 선묘.

대술 　도대체 왜 안 웃는데, 뭐 우리는 아픔도 없는 줄 알아? 그
　　　래서 잊자는 거 아니야. 우리가 측은 하지도 않어? 우리가
　　　보여준 그 수많은 몸짓은 아무 것도 아닌 거야?　뭐야, 사
　　　람들 바보 만들고? 누가 웃기면 웃는데 저기 저 중이 하
　　　면 웃을 거야? 어이 젊은 스님 어디 한번 도전해 보시지.
　　　웃나, 안 웃나? 자비심을 베풀어 주시지요. 스님.
사람들 　웃겨봐 웃겨봐! 자비심. 자비심

　　　의상, 마지못해 나와서 원효가 가르쳐 준 춤을 춘다.
　　　사람들, 하나도 웃지 않는다.
　　　선묘만 웃는다. 선묘를 쳐다보는 사람들.

육대인 　배필이 정해졌구만. 하하하.
유학생들 　하지만 중이잖아.

3장. 고백

　　　선묘는 비파를 타고 있다.
　　　의상, 산책하다가 선묘에게 다가간다.

의상 　음악이 참 구슬프네요.

선묘   제 마음이 슬픈 거겠죠. 비파를 탈 때면 사라진 사람, 없어
        진 사람들이 내 곁에 있는 거 같아요.

의상   음악은 우리를 다른 곳으로 데려가니까요.(사이) 제가 정말
        웃겼나요?

선묘   네. 저도 모르게 웃고 있더라고요. 참 오랜만에.

의상   웃어 준 거죠?

선묘   아니 정말 웃겼어요. 마음속에 어떤 그늘이 사라지는 거
        같았어요.

의상   -그대 웃어요
        그대 웃어요 그대 웃어요
        모든 아름다운 것들은 웃지요
        아니 웃으니까 아름답지요
        꽃들도 새들도 웃지요
        깨달음 얻은 자 웃지요
        아니 웃으니까 깨닫지요
        아기도 엄마도 웃지요
        웃는 얼굴 부처님 얼굴
        아름다운 세상 그대 웃어요
        이 세상 꽃이 되게
        이 세상 살아나게

선묘   부모님은 신라군 손에 돌아가셨어요. 오빠와 나 둘만 살
        아남았는데 나는 당나라로 끌려왔고 오빠는 신라에 끌려
        갔었어요. 살았는지 죽었는지… 저만 이렇게 살아 있어도
        될까요?
        슬픈 세상

슬픈 세상 눈물 나죠
　　　꽃들도 시들고 새들은 날지 않죠
　　　아기는 웃지 않고 엄마는 병이 들죠
　　　슬픈 세상 눈물 나죠
　　　전쟁과 싸움과 끝없는 증오
　　　전쟁은 사람을 갈라 놓죠
　　　이승과 저승으로
　　　싸움은 사람을 갈라 놓죠
　　　이긴 자와 패배한 자
　　　원한과 증오만 키워가죠

의상　신라가 밉겠지만 신라를 대신해서 제가 사과할게요.

선묘　미워하고 싶지 않아요. 사라지고 싶을 뿐이에요.

의상　그런 소리 하지마세요. 다 살아 있는 까닭이 있을 겁니다.

선묘　인간은 왜 싸우지 않으면 안 될까요?
　　　이 전쟁은 언제나 끝날까요? 언제나 전쟁이 끝나 모두
　　　다웃을 수 있을까요?
　　　우린 왜 인간으로 태어나 이 고통을 감내해야 합니까?

의상　저도 고통과 집착을 벗어나 해탈에 이르는 길을 찾고자 당
　　　나라에 왔습니다. 우리 같이 해원상생길을 찾아봅시다. 평
　　　생 앙숙이던 혜자가 죽자 장주가 대성통곡했다고 합니다.
　　　왜이겠습니까? 남이 있어야 내가 있기 때문입니다. 남을
　　　죽이는 건 결국 자기를 죽이는 거죠. 니가 있어야 내가 있
　　　는 것인데, 너를 죽이니 나는 어디에 있습니까? 도대체 그
　　　리고 나란 것이 과연 있기나 한 것입니까? (사이) 저기,
　　　나의 평생 앙숙이 되어 줄 수 있겠습니까?

선묘   (웃으며) 이건 진짜 웃긴대요. 호호호

의상   – 그대 웃어요

　　　그대 웃어요 그대 웃어요

　　　모든 아름다운 것들은 웃지요

　　　아니 웃으니까 아름답지요

　　　꽃들도 새들도 웃지요

　　　깨달은 자 웃지요

　　　아니 웃으니까 깨닫지요

　　　아기도 엄마도 웃지요

　　　웃는 얼굴 부처님 얼굴

　　　아름다운 세상 그대 웃어요

　　　이 세상 꽃이 되게

　　　이 세상 살아나게

선묘   – 그대와 함께

　　　내가 그대를 사랑해도 될까요

　　　내 슬픔 걷어준 사람

　　　돌아서면 떠오르는 당신 얼굴

　　　꿈에서도 느껴지는 이 가슴 벅참

　　　사라질 세상이

　　　꿈같은 세상이

　　　그대 있어 살고 싶다면

　　　잊혀질 세상에

　　　스러질 세상에

　　　그대 함께 살고 진다면

　　　그대 함께 걷고 있다면

그대 함께 웃고 있다면
내 삶은 헛되지 않아
내 속에 들어와
내 꿈에 들어와
이제는 내가 된 사람
내가 그대를 사랑해도 되나요
내 슬픔 걷어준 사람

선묘 (의상을 손을 잡고) 당신을 사랑합니다. 당신을 영원히 사
      랑하고 싶습니다.

의상 (주저하다 손을 놓는다) 나는 불도의 길을 걸어야 하는 사
      람입니다.

선묘 절에 들어가는 것만 수행입니까? 아이를 낳고 기르는 속세
      의 삶도 수행 아닙니까? 제가 싫으신가요?

의상 내가 당나라에 온 것은…

      의상, 고민하다가 나가 버린다.

선묘 알아요 쉽지 않겠죠
      당신에게 가며 나에게 오는 길
      나에게 가며 당신에게 가는 길
      멀고도 가까운 길
      돌아올 테죠 기다릴게요
      깨달음의 끝은 바로 나니까

4장. 방황

혼란한 마음을 달래려 집을 나간 의상, 저잣거리를 헤매인다.
의상, 사람들의 모습을 보며 어떤 길이 좋을지 생각해본다.

인생의 즐거움을 노래하는 사람들

인생 뭐 있어.
고프면 먹고 마시면 취하고
웃고 놀고 춤추고
그렇게 한 세상 간다
(춤)
인생 뭐 있어
손잡고 껴안고 애 낳고
졸리면 잠자고 눈 뜨면 일하고
그렇게 한 세월 간다
(춤)
인생 뭐 있어
꽃 피면 꽃구경 눈 오면 눈 구경
님 보고 뽕 따고 꿩 먹고 알 먹고
그렇게 한 청춘 간다.

인생의 고통에 아파하는 사람들

아아아아 아아아아

인생은 고통의 연속
사는 건 통증의 연속
아아아아 아아아아
복통, 치통, 생리통, 아 두통
아아아아 아아아아
심지어 사는 건 가려움
무좀 극적극적 극적극적

아아아아 아아아아
인생은 고통의 연속
사는 건 통증의 연속
아아아아 아아아아
까지는 무릎 터지는 입술
잘리는 손가락 꺾이는 팔다리
고혈압 당뇨 관절염 중풍 뇌출혈
육체는 병들고 어느새 죽음
동사 압사 돌연사 복상사
불타 죽고 맞아 죽고
찔러 죽고 화병 나 죽고
인생은 고통의 연속
사는 건 통증의 연속
아아아아 아아아아

의상, 인생의 고통으로 아파하는 사람들을 보며 선묘와의 사랑보
다 더 큰 사랑이 필요함을 느낀다.

의상　그길로
　　　피할 수 없는 통증과 고통
　　　끈질기게 따르는 번뇌 망상
　　　끊을 수 있다면 그 길로
　　　그 여자 잊을 수 없지만 그 길로
　　　편협한 사랑을 버리고 그 길로
　　　나 비록 외롭고 힘들어도 그 길로
　　　더 많은 사람을　부처의 그 길로
　　　고통을 넘어서 상생의 그 길로
　　　집착과 번뇌를 떨치고 그 길로
　　　더 큰 사랑을 위하여 그 길로
　　　이별은 새로운 사랑의 시작 그 길로
　　　안녕

5장. 방문

해설자　이렇게 의상법사는 선묘와 이별을 하고 종남산 지상사로
　　　들어가니 화엄종의 2대조인 지엄스님의 제자가 되어 용맹
　　　정진 하는구나. 그러나 보다시피 알다시피 우리의 선묘 그
　　　냥 물러날 처자는 아니라 비가 오나 눈이 오나 천둥번개

가 치나 태풍이 부나 엄동설한 찬바람 부나 여우가 시집을 가나 닭이 개를 쫓나 아니구나 개가 닭을 쫓나 추우면 추운대로 더우면 더운 대로 아버지의 반대에 불구하고 자기를 바라봐 달라는 대술이의 만류에도 불구하고 사시사절 각양각색의 음식과 의복을 마련하여 종남산 지상사에 올라 님 만나기를 청하는 구나. 님이여 어서 내게 돌아와 주시오. 이런 선묘를 사모하여 대술이도 항상 동행. 그건 그렇고 천하절색 선묘가 지상사에 드나드니 절간 기강이 말이 아니구나. 선묘가 절에 오면 스님들 수행은 뒷전. 방문으로 고개 내밀고 선묘낭자를 구경 하는데, 야 이눔아 정신 챙겨라. 날아오는 것은 죽비! 어떤 스님은 파계하고 속세로 떠나기까지 하니 절간이 난리가 났구나. 뼈가 시리도록 추운 겨울날 선묘는 마지막 결기로 의상이 만나주지 않으면 그 자리에서 얼어 죽겠다며 협박 아닌 협박을 하는데, 수행 중인 의상은 선묘를 얼어 죽게는 할 수 없어 방문을 박차고 나가 선묘가 가지고 온 음식은 집어 던지고 의복은 찢어 버리며 하는 말이 "자 보았소. 이제 가시오. 이럴 시간에 아픈 사람을 보살피시오. 그게 나를 사랑하는 것이오. 가서 보살이 되시오." 의상을 본 선묘는 그냥 혼절하고 마는구나. 어쩔그나 이 거지 같은 사랑을. 집에 와 정신을 차린 선묘에게 대술은 늘 곁에 있는 자기를 왜 보지 못하냐며 자기의 뼈저린 사랑을 고백한다. 이에 육대인은 대술과 선묘와의 혼인을 준비하지만 선묘는 집을 나가고 마는구나. 혼인을 안 해도 된다는 약조를 받아내고 집으로 돌아온 선묘는 의상이 하산할 날만 기다리는

데, 아버지를 도와 아픈 사람들을 돌보니 보살이 따로 없
구나. 한편 용맹정진하여 지엄과 어깨를 견주게 된 의상은
화엄일승법계도로 화엄의 요지를 정리하니 화엄학의 대가
가 되어 하산하는 구나.

6장. 작별

육대인의 집.

의상   계십니까?

육대인 이게 누구요? 그래, 공부는 마친 것인가?

의상   아직 부족합니다.

육대인 큰 일 하셨네. 그래 이제 어찌할 작정인가?

의상   오늘 배로 신라로 돌아갈까 합니다. 인사차 왔습니다. 돌
      아가서 화엄의 큰 세계를 곳곳에 심으려고 합니다. 그간
      신세 많이 졌습니다. 대인 덕에 저도 있는 거 아니겠습니
      까? 저의 깨달음이나 학식도 알고 보면 다 타인에게 빚
      지고 있는 것이죠. 인연 아닌 것이 없고 인연 없이는 아
      무것도 있을 수 없습니다. (화엄일승법계도를 주며) 이것
      이 그간 대인에게 신세진 것에 대한 저의 보답이 되었으

면 합니다. 안녕히 계십시오.

육대인　아니 벌써 가시게. 선묘라도 보고 가지.

의상　　아닙니다. 저는 이제 보고 안 보고에 구애 받지 않는 사
　　　　람입니다. 대신 이 편지 좀 전해 주십시오.

육대인　알았네. 잘 가게.

　　　육대인, 의상이 주고 간 법성게를 살펴본다.

　　　하나 가운데 모두가 있고 많은 가운데 하나가 있다
　　　하나는 모두이며　많은 것은 하나이다
　　　티끌 하나에 온 누리가 있고
　　　모든 티끌 속에도 온 누리가 있네

육대인　한 알의 모래에서 세상을 보고 한 송이 들꽃에서 우주를
　　　　본다.

　　　선묘, 들어온다.

육대인　왔니? 의상스님이 다녀가셨다.

선묘　　네?

육대인　신라로 간다고 하더라. 이걸 전해달라고 하더라. 보고 안
　　　　보고에 구애받지 않는다면서.

　　　선묘가 편지를 읽으면 의상은 그 내용을 배 위에서 노래한다.

의상　　(배 위에서)
　　　　　나 신라로
　　　　　그동안 고마웠다는 말
　　　　　남기고 신라로
　　　　　당신 있어 더 크게 꿈꿀 수 있었다고
　　　　　나를 버티게 한 건 그리움이라고
　　　　　설렘이 없으면 사람이 아니라고
　　　　　더 큰 설렘, 더 큰 님을 위해
　　　　　나 신라로 간다고
　　　　　이별은 더 큰 만남
　　　　　당신의 영원한 앙숙으로부터

코러스　만나고 헤어짐이 뜻과 같지 않아
　　　　　잡아도 갈 사람은 가고
　　　　　기다리지 않아도 올 사람 오네
　　　　　만나면 헤어지고 헤어지면 만날 인연
　　　　　어기야 디어라 노 저어라

　　　선묘, 편지를 읽고 부두로 달려간다.
　　　그러나 이미 배는 떠난 상태다.
　　　연모하는 마음을 어쩌지 못하고 바다에 몸을 던지려고 하는 선묘.
　　　이를 만류하는 유대인과 대술

유대인　이러지 마 선묘야. 제발 정신차려라.
대술　　당신 죽으면 나도 따라 죽겠소. 당신 없는 세상 살아도

산 게 아니오.

선묘 아버지, 나도 신라로 보내주세요. 이렇게 아파하다 이렇게
      헤매다 죽고 싶지 않아요.

대술 나도 신라로 따라가겠소. 이렇게 아파하다 이렇게 헤매다
      죽고 싶지 않소. 잘 알잖소? 내 꺾을 수 없는 집착. 나 당
      신과 함께라면 저승길 동무도 마다하지 않겠소.

육대인 선묘야 나를 두고 정녕 가겠냐? 좋다. 대신 약속해라. 살
      아만다오 그리고 끝까지 니 사랑 잃지 말아라. 사랑 없는
      삶은 죽은 삶이다. (사이) 배편을 마련해라. 죽음을 뱃삯으
      로 운명을 바람 삼아 님 향한 배가 출항한다. 배 띄워라.

      선묘와 대술 배에 올라탄다.

선묘 나 바다로
      그대 앞에 가면 수줍어서 말도 못하고
      그대 곁에 서면 가슴 벅차 고개 떨구고
      이제 그대 뒤에서 하얀 거품만 바라보는 나
      나 바다로 그대를 따라 가아해
      이렇게 보낼 순 없어
      이 거품 같은 세상 너를 향한 이 내 마음
      그대 위해 파도 쳐야해
      그대 위해 달빛 돼야해
      그대에게 가는 바람 돼야해
      나 바다로

대술　　당신 뒷모습에 익숙해진 내 눈동자
　　　　하지만 당신의 뒤가 좋아 뒤에서 바라볼래
　　　　돌아보면 내가 있게 돌아오면 쉴 수 있게
　　　　나 바다로 그대를 따라 갈래
육대인　가라가 너도 가라
　　　　가면서 내게 와라
　　　　오면서 네게 가라

　　　　가라가 너도 가라
　　　　가는 자도 가지 않고
　　　　가지 않는 자도 가지 않는다.
코러스　만나고 헤어짐이 뜻과 같지 않아
　　　　잡아도 갈 사람은 가고
　　　　기다리지 않아도 올 사람 오네
　　　　만나면 헤어지고 헤어지면 만날 인연
　　　　어기야 디어라 노저어라

7장. 새 하늘 새 꿈

해설자　자 이렇게 의상은 설법을 위해 신라로 돌아오고 선묘는
　　　　사랑하는 님 의상을 찾아 신라로 들어서니 이때가 서기

671년, 문무왕 11년이구나. 신라가 삼국을 통일하니 고구려 백제 유민들은 뿔뿔이 흩어져 당으로, 신라로 복속되고 일부 세력들이 남아 옛 왕국의 복원을 꿈꾸지만 그도 여의치 않아 지리멸렬해질 무렵 신라에 노비로 끌려갔던 선묘의 오라비 월산은 탈출에 성공하여 천혜요새 태백산 자락에 자리를 잡고 사람들을 규합하여 새 세상을 꿈꾸는구나.

사람들, 월산의 지도로 무술훈련을 하고 있다. 월산패의 군무.

월산 우리의 목표는 약탈이 아니다
우리의 목표는 차별 없는 대동세상
하루를 살아도 주인으로 살고
별 아래 살아도 절망을 모른다
우리가 원하는 건 백제의 재건도 아니고
우리가 원하는 건 고구려의 재건도 아니다
우리가 원하는 건 새 세상 새 하늘

군무가 끝나고 월산의 일장연설

월산 가난한 양민을 괴롭히지 말아야 한다. 그들이 등을 돌리면 우리도 죽는다. 본디 양민에겐 신라도 백제도 고구려도 없다. 힘 있는 놈들이 수탈해가면서 자기 백성이라고 하는 것이다. 나라란 수탈하는 놈들의 모임이다. 우리가 열 세상은 공생공존하는 상생의 세상, 대동의 세상이다. 알았나? 휴식.

막걸리를 한 사발씩 돌린다.

패1   형님, 의상이란 작자 말이우 또 올 것 같소?
월산   목숨이 두 개라면 또 오겠지.
패2   보통 인간은 아닌 것 같은데… (사이) 우리가 있는 곳이
       그렇게 좋은 터요?
패들   여기는 천혜요새
       가난한 사람들의 보금자리
       상처 입은 사람들의 안식처
       바람도 잠을 자고
       구름도 꿈을 꾸지
월산   일만 군사가 와도 여기는 넘보지 못할 것이다.

패거리 중에 작자 둘이 나와 의상과 월산 흉내를 낸다.

패4   (의상 흉내를 내며) 우리 이 터에 사찰을 짓고 대화엄, 화
       해의 시대를 열어 갑시다.
패5   우리를 다 죽이겠다는 말이오.
패4   이제 원한심이나 증오심을 벗어 버려야 합니다.
패5   그건 이긴 자들의 사치. 부처가 살아온다고 해도 우리 편
       을 들 것이오.
패4   복수는 복수를 부를 뿐이오.
패5   가시오. 불법으로 우리를 더 이상 현혹하지 마시오.

패4   (무릎을 꿇고) 우리 살생의 고리를 끊어 냅시다. 곧 겨울
      이오. 얼마나 더 버틸 수 있겠소?

패5   (칼을 뽑아 협박하며) 우리가 속을 것 같은가? 우리는 비
      굴한 삶보다 당당한 죽음을 택할 것이니 이 칼이 목을 베
      기 전에 돌아가시지.

패4   곧 군사가 닥쳐올 지도 모르오. 현명한 선택을 하시요.

패5   협박하는 것이요?

패4   현실을 보시요.

패5   하산길이나 조심하시오. 오늘은 내 그냥 보내지만 다시
      오는 날에는 목숨 부지하기 힘들 것이요.

      사이

패6   정말 군사들이 몰려오면 어떻게 하지? 겨울도 다가오는데.

패3   난 마누라가 또 임신이래.

패의 노래   (서정적인) 단 한 번뿐이지
            매순간 마지막
            이 알싸한 느낌
            낙엽은 지고 찬바람 불면
            찾아드는 서늘함
            이 알싸한 느낌
            살아가는 가슴 아픈 기쁨
            우리가 만나 찾아 헤맨 이곳
            우리가 싸우며 지켜온 이곳

97

풀잎은 쓰러져도 향기를 잃지 않고
우리가 진 자리에 진달래 꽃 필지니
그렇게 잊혀진대도 그렇게 지워진대도
같이 있는 이곳 여기가 극락
살 부비는 이곳 여기가 낙원

8장. 영혼의 결혼식

의상의 거처.
수소문 끝에 의상을 찾아오는 선묘와 대술.

선묘 저예요. 당신의 앙숙.

의상 돌아가시오. 왜 이리 어리석은 발걸음을 하셨소? 모든 고
통은 집착에서 옵니다.

선묘 그 집착 때문에 살아 있고 이 고통이 기쁩니다.

의상 아시지 않습니까? 저는 속인의 길을 갈 수 없는 사람입니
다.

선묘 압니다. 그래서 이렇게 찾아왔습니다. 당신을 위해 나 그
무엇이든 되겠어요. 아니 나도 당신과 같은 길을 가겠어
요. 잘은 모르겠지만 저도 당신이 가고자 하는 대화엄의

길을 따르겠어요. 당신은 불법을 전하세요. 저는 아픈 사
람들을 보살필게요.

해설자　의상도 신라까지 찾아온 선묘의 간절한 마음을 물리칠
수 없는지라 현세에서 인연이 부부는 아닐지나 공덕을 쌓
아 많은 사람을 살리고 천하만물을 화육케 하면 그게 아
비고 어미 아니겠냐며 둘은 보살행을 통해 영혼의 동지,
부부가 될 것을 서약하니 이걸 영혼의 결혼식이라 해야
하나?

선묘/의상　당신에게 가는 길 힘들게 돌아온 길
　　　　　홀로 숲을 걸으며 바다를 건너며 깨달은 길
　　　　　나 이제 알았네 당신에게 이르는 길
　　　　　사람들을 사랑하는 참 사랑의 길
　　　　　이제 모든 사람이 당신이라는 걸
　　　　　이제 꽃 한 송이 나비 한 마리 내 님이라는 걸
　　　　　당신에게 가는 길 이제 가겠네

영혼의 결혼식이 아름답게 보여진다.

해설자　이렇게 되자, 선묘를 짝사랑하던 우리의 대술이 술독에
빠져 지내다가 대오각성하여 선묘의 뜻을 따르기로 결심
출가를 감행하는구나.

대술　이제 모든 사람이 당신이라는 걸
　　　이제 꽃 한 송이 나비 한 마리 내 님이라는 걸

당신에게 가는 길 이제 가겠네

9장. 재회

월산이패 산막.
사람들 모여 의상과 선묘와 관련된 소문을 말하고 있다.

패1   그렇게 미인이라며?
패2   천하절색이래요. 노래도 잘하고. 중이 복도 많아. 당나라에
       있을 때부터 따라 다녔는데 여기까지 찾아 왔대요. 나 원
       결혼까지 했대요 글쎄.
패3   중이 결혼해도 되는 거야?
패2   무식한 놈아. 영혼의 결혼식도 모르냐? 너처럼 그거만 밝
       히는 놈이 고매한 정신세계를 알겠냐?
패3   난 그 여자랑 하루 밤만 보내도 여한이 없겠다.
패1   근데 선묘라는 그 여자 말이야 아랫마을 아픈 사람들 다
       치료해주고 다닌다던데.
패2   정말?
패1   의술이 장난이 아닌가봐.
패2   나도 아랫마을 사람인 척하고 치료 좀 받을까? 저번에 다

친 자리가 덧났어.

패3   보쌈해 올까?

패1   이젠 여자까지 훔치냐? 너 내가 모를 거 같아 너 마을 내
     려갈 때마다 따로 꼬불치는 거.

패3   납치해서 그 중놈 돌아가라고 협박해볼까? 재미도 보고.

    패거리 보초가 선묘를 묶어 산막으로 들어온다.
    사람들, 몰려든다.
    월산, 막사에서 나온다.

월산   웬 소란이냐?

패5   주위에서 기웃 거리기에 수상해서 끌고 왔습니다.

선묘   풀어 주세요. 여기에 아픈 사람들이 많다고 아랫마을 사람
     들이 말하길래 찾아왔어요.

월산   의상이 보내서 왔나?

선묘   아닙니다. 자진해서 왔습니다. 아픈 사람이 있는 곳이 제가
     있을 곳이라 왔습니다.

월산   여기가 어디인 줄은 아느냐?

선묘   대충 이야기는 들었습니다. 저도 원래는 백제사람이었습니
     다.

월산   뭐? 첩자는 아니겠지?

선묘   아닙니다.

월산   고개를 들어라. (선묘를 보고) 아니 너는?

선묘   오라버니!

10장. 설득

의상의 거처.
의상, 선묘가 두고 간 편지를 읽고 있다.

정표 (들어오며) 대사, 군사를 끌고 왔습니다. 말로 해서는 안됩
　　　니다. 쳐야합니다. 왕께서도 빨리 처리하라고 하셨습니다.
의상 안됩니다. 기다리세요.
정표 대사, 어떤 놈들인지 모르고 하시는 말씀입니다. 자기들은
　　　의적이라고 하지만 화적떼나 다름없습니다. 대갓집 털기는
　　　일쑤고 방화까지 일삼는 놈들입니다. 더 이상 용납할 수
　　　없습니다.
의상 다 업봅니다. 누구의 잘잘못을 따지겠습니까? 폭력과 살생
　　　으로 해결해서는 안 됩니다.
정표 대사도 신속하게 일을 처리하고 불사를 건립해야 불법을
　　　전파할 것 아닙니까?
의상 불법보다 중한 것이 사람 목숨입니다.
정표 저놈들은 사람이 아닙니다. 적입니다. 도적입니다.
의상 도적도 사람이고 저들도 부처입니다.
정표 왕명입니다.
의상 왕보다 위에 있는 것이 사람 목숨입니다.
정표 대사 지금 어명을 어기시겠다는 겁니까?
의상 기다리시오. 내가 한 번도 설득해보리다.
정표 기다릴 걸 기다리십시오. 아닌 것은 아닙니다.

의상 어찌 분별심을 발휘하십니까? 일체 중생이 꽃이고 그들이
　　　모든 지혜의 근원인 것을.
정표 좋습니다. 마지막 한 번입니다.
의상 부처님의 자비심을 가지세요.

11장. 殺身成仁

월산의 거처

선묘 오빠 어떤 보복도 없을 거라 말씀하셨어.
월산 너는 신라 놈들 말을 믿니? 너는 아버님 어머님이 어떻게
　　　돌아갔는지 잊었니?
선묘 오빠, 싸움이 아니라도 아픈 사람들 많아 왜 사람들을 고
　　　통 속으로 몰아?
월산 이러려고 왔니? 이럴 거면 신라놈들한테 가.
선묘 오빠, 나 이제 오빠랑 헤어지고 싶지 않아.
월산 그럼 가만히 있어. 난 비루하게 살고 싶지 않으니까.
선묘 오빠 혼자만 생각하지 마. 이곳에 있는 아이들, 아녀자들,
　　　병자들, 그 모든 사람을 생각하라고. 백제, 신라, 고구려가
　　　무슨 소용이야? 원래 다 같은 사람들이잖아. 다 같이 평화

롭게 살 수 있는 거잖아.

월산 그만해!

패1 (들어오며) 대장. 중놈이 오고 있습니다.

월산 저 여자를 묶어라.

선묘 오빠!

월산 잠깐만 신세 지자. 뭐 하나 묶지 않고?

　　패거리, 선묘를 묶는다.

월산 (칼을 선묘의 목에 대고) 돌아가라. 안 돌아가면 이 여자를
　　　죽이겠다.

의상 뭐하는 짓이요? 그 여자를 풀어 주시오.

월산 한 걸음만 더 다가오면 이 여자의 피가 하늘을 적실 것이
　　　다.

선묘 돌아가세요.

의상 죽이려거든 나를 죽이시오. 그 여자가 무슨 잘못을 했다고
　　　죽이려하오.

월산 정녕 이 여인을 목숨을 바꿀 만큼 사모하는가?

의상 사모하오. 그러니 죽이지 마시오.

월산 중 따위가 사랑은!

　　월산, 화살을 의상에게 쏜다.

선묘 안돼!

달려드는 선묘 때문에 화살이 빗나가 화살은 의상의 팔에 맞는다.

월산   이 여자 때문에 산 줄 알아라. 누구든 접근하는 자에게는
       죽음만 있을 뿐이다.

의상을 후송하는 신라군.
정표, 신라군의 전열 정비하면서 전투준비를 지시한다.
진군의 북소리. 양쪽 진영 긴장감이 감돈다.

월산   (선묘를 풀어주며) 가라. 우리는 단 하루를 살아도 주인으
       로 살 것이다. 너는 살아서 비루한 삶을 포기하고 끝까지
       꿈틀거리는 영혼으로 살았던 우리의 이야기를 전해다오.
       어서.
선묘   오빠 지금이라도 늦지 않았어. 이 사람들을 다 죽일 작정
       이야?
월산   우리 보고 투항하라고? 우리는 수없이 속아왔다. 가. 가.

월산, 사람들을 모아 놓고 결사항전을 다짐받는다.
신라군의 공격이 임박한 상황. 정표, 군사를 움직인다.
이때 뜬 돌(부석)에 올라가는 선묘, 칼을 뽑아 죽으려한다.

선묘   멈추세요. 이 말도 안 되는 싸움을 멈추세요. 얼마나 많은
       피가 필요합니까? 얼마나 많은 죽음이 필요합니까?
월산   그만두지 못해.
선묘   오빠, 내 죽음 하나면 충분해. 이 싸움은 나 하나에서 끝내

야 해.

　　선묘, 칼로 자결한다.

월산　안돼!

　　월산, 쓰러지는 선묘를 안는다.

선묘　오빠, 그만둬. 오빠, 지금까지 내가 살아있었던 이유. 오빠를 다시 만난 이유를 이제야 알 거 같아. 오빠, 이 순간을 위해 부처님이 나를 두 번이나 살려 주셨나봐. 오빠, 죽음은 나 하나로 끝나야해 내가 안 죽으면 오빠가 죽을 거잖아. 나의 죽음으로 살생의 고리를 끊어야 해.

월산　왜 그랬어? 니 죽음마저 보게 하려고 나한테 왔니?

선묘　오빠, 이건 죽는 게 아니야. 오빠 속에 내가 사는 거고, 사람들 속에 내가 사는 거야. 오빠, 그 사람을 불러줘. 마지막으로 그 사람 보고 싶어. 부탁이야.

　　월산, 사람을 시켜 의상을 부르러 보낸다.

선묘　오빠, 사람들의 이 싸움은 언제나 끝날까? 오빠, 그 사람을 도와줘. 이게 나의 마지막 소원이야. 전쟁으로 죽어간 수많은 사람들을 위로해줘. 사람을 살리는 사람으로, 인간의 고통을 치료해주는 사람으로 살아줘. 오빠도 알잖아? 사람이 사람을 사랑할 때가 가장 신령하다는 걸. 이게 우리가

다시 만난 이유일 거야. 그래야 우리는 꼭 만났어야 하는
사람이 되는 거야 오빠.

의상이 도착하자 둘은 마지막 사랑의 대화를 나눈다.

의상 이러려고 따라왔소?
선묘 저 바보 같아요?
의상 그런 말 하지 말아요. 나는 죽을 용기도 없는 사람이요.
선묘 다음 세상에 다시 태어날 때는 우리 신라도 백제도 고구려
      도 없는 곳에서 태어나요.
의상 싫소. 다시 태어나도 나는 당신의 앙숙이고 싶소.
선묘 당신 정말 안 웃겼어요. 하지만 당신 때문에 세상이 조금
      은 밝아진 것 같아요. 또 봄이 오겠죠. 당신 계신 법당에
      나비 날아들면 그냥 웃음 한 번 웃어 주세요. 이제 다 왔
      네요 그 길. 당신에게 이르는 길. 내 깨달음 끝 당신.

선묘 죽음과 삶의 길이 하나이듯이
      당신과 내가 언제나 하나였듯이
      봄날의 나비 꽃들과 춤을 추듯이
      우리 살다간 흔적 지워진대도
      우리의 숨결 한없이 나지막해도
      사랑했으므로 우리 행복하여라

선묘가 죽자 하늘의 구름이 용처럼 움직이고 갑자기 꽃들이 만발
하기 시작한다.

사람들　선묘가 용이 됐다!

　　사람들, 용을 보고 칼을 내려놓는다.

해설자　같이 가니까 깨달음도 오고 함께해야 깨달음이고 같이
　　　　하니까 절도 지어지는 법. 선묘의 죽음으로 월산의 패거리
　　　　는 회심하여 불자가 되었고 부석사 건립에 나섰다고 합니
　　　　다. 절을 지으면서 선묘의 피가 흘러내린 땅을 파보니 용
　　　　모양의 바위가 나왔다고 합니다. 여기까지가 제가 지어낸
　　　　이야기입니다. 혹시 이런 이야기도 있지 않을까 하는 마음
　　　　으로 만든 이야기입니다. 재미있었나요? 아마도 이런 사연
　　　　이나 곡절이 있었기에 사람들은 선묘와 의상을 영원히 기
　　　　리기 위해 여러분이 잘 알고 있는 선묘와 의상 이야기를
　　　　만들어 낸 것은 아닐까요? 어쨌거나 이야기는 이야기일뿐.
　　　　그래도 이야기가 없는 것보다야 이야기가 있는 세상이 재
　　　　미있는 거 아니겠습니까? 그래서 저 같은 이야기꾼도 있
　　　　는 거구요. 그럼 선묘와 의상을 기리는 마음으로 절을 한
　　　　번 지어볼까요.

에필로그

- 불사건립/설화의 탄생

해설자가 창을 한다.
선묘와 의상의 이야기가 그림자극으로 펼쳐진다.
사람들, 절을 짓는다.

창 신라 스님 의상법사가 배 타고 당나라로 유학을 가네
   양주 땅에 당도하여 한 신도 집에서 숙식을 하네
   어화 화상이 절을 짓네

   그 집 딸 선묘, 의상을 사모하여 밤잠을 설쳤다네
   의상은 그 여자 멀리하고 공부에만 전념했네
   어화 화상이 절을 짓네

   하지만 그 여자 정성껏 의상을 봉양했네.
   한 땀 한 땀 의상의 장삼을 만들었네
   어화 화상이 절을 짓네

   공부 마친 의상 그 집에 들렀지만 선묘는 없었네
   의상은 신라로 떠나고 배 떠난 뒤에야 선묘는 부두에 도
   착했네
   어화 화상이 절을 짓네

선묘는 바다에 몸을 던져 용이 됐네
용 되어 가는 님 뱃길을 보살폈네
어화 화상이 절을 짓네

의상은 중생을 교화할 절터를 찾았네
하지만 거기는 산적들 소굴이었네
어화 화상이 절을 짓네

산적들 의상을 단칼에 베려하였네
용이 된 선묘가 나타나 큰 바위 들어 산적들을 겁주었네
어화 화상이 절을 짓네

산적들 놀라 회심하여 불자가 되었네
그들이 의상과 힘을 합쳐 절을 짓네
어화 화상이 절을 짓네

중생이 꽃이 되어 온 누리에 가득 하네
사랑은 용이 되고 사람은 꽃이 되네
어화 화상이 절을 짓네

하나 가운데 모두 있고 많은 가운데 하나 있네
어화 화상이 절을 짓네
하나는 모두이며 많은 것은 하나이네
어화 화상이 절을 짓네
티끌 하나에 온 누리가 있고 티끌 속에도 온 누리가 있네

어화 화상이 절을 짓네

꽃들이 만발하고 나비들이 날아오른다.

-끝-

파리들의 곡예

나오는 사람들 : 길곱단
                     장발산
                     덕삼
                     만수
                     단장
                     악사
                     기동찬
                     건달1
                     건달2

무대 : 길, 천막 그리고 공터.

※ 샤갈풍으로, 마술적 환상을 보여줄 수 있도록.

1장. 영광

사람들이 모이는 공터.
흥겹게 아코디언을 연주하는 벙어리 악사.
그의 연주에 맞추어 만수와 덕삼이 병신춤을 추며 사람들을 끌어
모은다.

단장　자 오세요. 와. 무얼 할까 두리번거리지 마시고 오세요. 기
　　　회는 한번 가면 없는 법. 어서 모이세요. 어서. 자 소개합
　　　니다. 우리의 영원한 친구 덕팔이와 만돌이. 자 박수 !

덕삼은 배불뚝이, 만수는 곱추 모양으로 악사의 음악에 맞추어
춤을 춘다. 그 춤은 코믹하다.

단장　주목해 주십시오. 오늘의 빅 이벤트! 자 소개해 올리겠습니
　　　다. 역발산기개세, 돌아온 항우, 창칼도 뚫지 못한 배떼기
　　　를 자랑하는, 사나이 중의 사나이.
　　　장--발--산!

장발산은 막 안에서 나온다. 장발산은 자기의 힘을 과시하기 위
해 쇠사슬을 끊고, 머리로 돌을 깨고, 이빨로 각목에 박힌 대못
을 뺀다. 단장은 시범을 중단시키고 칼 시범은 보여주지 않는다.

단장　자 수고한 차력사에게 박수. 소리가 적다 박수! (사이) 자

조용히들 하시고, 본론에 들어가기 전에 미리 말씀드립니다만 저기 저 처녀를 보아주십시오. 처녀로 보기엔 아직 어린 것 같지만 아름답지 않습니까? 그럼 저 처자가 왜 새장을 들고 있느냐? 다름 아니라 저 여자가 그 유명한 새점의 여왕이올시다. 사업이 꼬여 속까지 꼬이신 분, 처복 없어 불철주야 애 태우시는 분들, 돈은 있는데 쓸 데를 모르는 분들은 저 새점의 여왕을 찾아주세요. 행운의 소식과 함께 왕이 되는 비결을 알려줄 겁니다. (사이) 본론으로 들어가서, 그럼 제가 이 자리에 왜 나왔느냐? 죽어. 사람이 막 죽어요. 철수네 아버지도 죽고, 영희네 엄마도 죽고 막 죽어서 내 보다가 보다가 못해 이렇게 나왔습니다. 여기 모인 여러분들도 얼굴을 보니 이 몸 걱정이 많이 됩니다. 해서 이 몸 손수 동의보감과 본초강목을 수 삼십 번 읽고 국내 한의학계의 권위 있는 어른들의 조언을 들어 이 약을 제조하게 되었습니다. 이 몸 하나 던져 국민 여러분의 건강에 보탬이 된다는데 그걸 어찌 마다하겠습니까? 양약, 양약 하지만 한약만 하겠습니까? 약도 신토불이라 이 말입니다. 오늘 이 자리에 제가 들고 나온 것은 청혈제입니다. 더러운 물도 정수기 있어 맑은 물 만들듯이 피도 이 청혈제가 있어야 깨끗해집니다. 그럼 피는 무엇으로 깨끗해지느냐? 그것은 다름 아닌 산소가 그 역할을 합니다. 사람들이 너나 할 것 없이 공기 좋은 곳을 찾아가는 이유가 여기에 있는 것이고 세계 각지의 장수촌이 물 좋고 공기 좋은 곳에 자리하고 있는 이유가 여기에 있는 것입니다. 이 청혈제는 피를 맑게 해주는 성분과 깨끗해진 피를 몸 곳곳에 빠짐없이 배달하는 성분을 첨가해서 한 가지로 두 가지 효과를 볼 수 있게 제조되었습니다. (파일에 모아 둔 신문 기사나 잡지의 내용을 증거 삼아, 파일을 넘기면 서) 여러분들도 아시겠지만 문제는 핍니다. 피가 더러워요. 술, 담배, 매연에 사람이라고 견뎌낼 재간이 있겠습니까? 혈액 순환이 원활해야 몸에 생기가 도는 것이고 피가 마디마디 실핏줄까지 흘러야 무병장수한다 이 말입니다. 여러분도 광고를 봐서 알겠지만 우리나라 은행잎에는 다른 나라 은행잎에서는 발견되지 않는 특수한 성분, 즉 킨코플라보이드라는 성분이 들어있어 이것이 혈액순환장애를 해결해 준다 이 말입니다. 동맥경화로 고생하는 부모님이 계신 분이나, 손발이 저리시는 분, 간이 좋지 않은 분들, 성인병으로 고생하는 분들. 이 약 한 번 드셔보면 효과를 눈으로 확인할 수 있을 것입니다. 자 그럼 이 약을 복용하면 어떤 변화가 있는지 시범을 한 번 보여드리겠습니다.

약사가 나와서 병든 표정과 자세에서 약을 먹고 환하게 피어나는 것을 연기해 보인다.

지금 보신 바와 같이, 이 약은 만병의 근원이 되는 피를 맑게 해주므로 어떤 병에든지 기본적인 치료효과가 있습니다. 저도 이 약을 팔고 있지만 조금도 주저 없이 이 약을 여러분에게 만병통치약이라고 소개해 올리고 싶습니다. 그럼 이 약! 시중에서 판매되는 것과 이 약의 차이점은 무엇이냐? 바로 가격이올시다. 오늘 이 자리에서는 시중에서 만원씩 하는 것을 군살 빼고 단돈 오천 원에, 오천 원에 모시겠습니다. 자 필요하신 분은 서슴지 말고 말씀해 주세요. 급하기도 하십니다. 네, 갑니다. 곱단아 약 갖다 드려라. 자, 기회는 자주 오는 게 아닙니다. 한 번 드셔 본 분들은 저한테 집 주소까지 물어 볼 정도니 약효는 확실합니다. 자, 네 알았습니다. 갑니다. 가요.

만수와 덕삼, 곱단이는 돌아다니며 약을 팔며 돈을 받는다.
이들은 약을 팔면서 관객들 사이로 빠져나간다.

2장. 쑥불

막사, 밤.
악사가 쑥불을 피우고 아코디언을 연주한다.
악사, 약쑥을 뜨러 나간다. 덕삼이가 모기 때문에 신경질이 나는지 일어나서 천막 밖으로 나온다.

만수 (나오며) 왜?

덕삼 잠이 오냐? 인생이 뭐 이러냐? 모기새끼들도 하여간 없는 놈들만 골라서 물어요. 만수야, 뭐 먹을 거 없냐?

만수 아니.

덕삼 이거 가만히 생각하니까 열 받네. 얼마 됐지?

만수　…

덕삼　우리 돈 안 받은 지 얼마 됐냐구?

만수　반 년 넘었을 걸.

덕삼　누굴 병신으로 아는 거야 뭐야? 차력사 돈은 군말 않고 꼬박 챙겨 주면서 우리 돈은 꿀각해?

만수　차력사야 우리랑 격이 다르지.

덕삼　격이 다르긴?

만수　그 사람이야 목 내놓고 사는 사람이고. 아, 그리고 돈 안주면 차력사가 가만히 있겠어? 그 짠돌이가.

덕삼　우리도 본때를 보여줘야 돼.

만수　(덕삼 몸에 붙은 모기를 잡으려고 덕삼의 몸을 손으로 치며) 차력사한테 안 맞아 죽으면 다행이지.

덕삼　아야!

만수　피봐, 지독하게 빨아 먹었네…

　　사이

덕삼　무슨 수를 내야지.

만수　수는? 다 니 팔자다. 니 팔자.

덕삼　팔자타령 좀 고만해. 팔자 팔자하다가 이 모냥 이 꼴이잖아. (사이. 인기척을 느끼고) 누구쇼?

　　기동찬, 나타난다.

동찬　형님들, 접니다.

119

만수 이게 누구야? 동찬이 아니야?

동찬 쉿! 달호 형님 없지요?

만수 여긴 어떻게 왔어?

동찬 형님들 보고 싶어 왔지요. 살만들 해요?

덕삼 너 신수 훤하다. 돈 많은 과부라도 물었냐?

동찬 형님도. 달호 형님은 그림공부?

덕삼 개버릇 남 주냐? 우리 돈까지 꼬라박는다니까.

동찬 역시나. (사이) 근데, 형님들 언제까지 이러고 살 겁니까?
      (사이) 형님들 이야기 좀 하죠.

      동찬은 만수와 덕삼을 데리고 구석으로 간다.

동찬 형님들, 본론부터 말할게요. 사실 내가 요즘 사업 하나 하
      는데…

덕삼 사업?

동찬 그래요. 이제 약장사는 한물갔어요. 옛날에야 사람들이 멍
      청해서 속아 넘어갔지만 요즘 사람들이 좀 영악해요. 형님
      들 야간업소 가 본 적 있죠? 쇼하는데 말이에요. 내가 요
      즘 하는 일이 야간업소 매니접니다. 사업확장 하려고 하는
      데 자꾸 형님들이 눈에 밟혀서 이렇게 찾아온 거 아닙니
      까?

만수 야간업소면 나이트클럽?

동찬 네. 그러니까. 형님들 정도 실력이면 사람들 넘어간다니까
      요. 사나이로 태어났으면 조명발 한번 받아 보고 살아야하
      는 거 아닙니까?.

덕삼　지금 스카우트 제의하는 거야?

동찬　바로 그겁니다.

덕삼　밀린 돈을 받아야 가든지 말든지 하지.

동찬　걱정하지 마세요. 그건 내가 다 알아서 챙겨줄 테니까.

만수　니가?

덕삼　너 무슨 꿍꿍이가 있는 거 아니야?

동찬　싫으면 마시고. (사이) 레파토리 좀 개발하고, 그래요 만담 같은 것도 하고…

만수　그거야 우리 전공이지.

동찬　좋아요. 돈이 얼마나 밀렸는지 모르겠지만 밀린 돈에다 삼백씩 더 붙여주죠. 단 조건이 있어요.

덕삼　그렇지 니가 어떤 놈인데. 뭐야?

동찬　듣자니 새점이 그렇게 용하다면서요? 아 그러니까 형님들과 용하다는 파랑새랑 점치는 그 뭐냐 곱단인가 하는 기집애를 한 세트로 묶어야…

덕삼　뭐라구?

동찬　다 형님 좋고 아우 좋으라고 하는 말아닙니까?

만수　차력사는 어쩌고?

동찬　차력이 무슨 장난입니까? 내가 데리고 있는 애는 칼을 삼켜요.

만수　뻥까지 마 자식아.

동찬　정말이라니까 그러네. 그러니까 그 기집애하고 새만 빼와요. 나머지는 내가 알아서 할 테니.

만수　야 어떻게 할래?

덕삼　뭘 어떻게 이참에 뜨는 거지.

동찬 집 줘. 밥 줘. 돈 줘. 잘 생각해봐요. (명함을 주며) 형님들 필요한 거 있으면 이리로 전화 줘요. 달호 형한테는 나 왔다 갔다는 얘기는 꺼내지도 말고요. (가려다 덕삼과 만수에게 돈을 쥐어주며) 받아요. 얼마 안돼요.

동찬, 간다.

덕삼 (명함을 보며) 토탈아트 매니저 기동찬! (돈을 보며) 자식, 저놈은 뭐가 돼도 될 놈이라니까. 저놈이 아주 인간적 베이스가 튼튼하단 말이야.
만수 새 잘못 만지면 죽어.
덕삼 다 미신이야.
만수 아니야. 너 얘기 못 들었어? 그 파랑새가 말이야 곱단이 엄마가 환생한 거란다. 곱단이 엄마가 신점보살이었는데 오늘내일해서 달호형이 약값 하라고 돈 몇 푼 쥐어주고 곱단이를 샀다지. 성도 자기 성 따서 붙이고. 근데 곱단이 엄마 죽고나서 어디서 파랑새 하나가 날아왔대요. 그 새가 영 떠나지 않고 따라다니더라는 거야. 내 생각엔 그 파랑새가 신통한 것도 다 곱단이 엄마가…
덕삼 아주 소설을 써라. 자식아. 다 달호 형이 갖다가 붙인 거야.

곱단이 새장을 들고 들어온다.
단장한테 맞아서 얼굴에 멍이 들었다.
새에게 모이를 준다.

만수   새 먹일 생각하지 말고 너나 뭐 좀 먹어라. 너 저녁도
       안 먹었지?
곱단이 먹으면 자꾸 토해요.
만수   그래도 먹어야지. (가지고 있던 빵을 건네주며) 그럼 갖고
       있다가 배고플 때 먹어.
덕삼   야!
곱단이 고마워요. (빵을 새에게 주며) 엄마! 좀 먹어 봐.
만수   새는 지 몸보다 더 위하네.
덕삼   어제 맞은 데는 괜찮아?
곱단이 (말이 없다)

       만수는 주머니에서 빵을 꺼내 먹는다.

덕삼   야!
만수   (빵을 씹으며) 나쁜 놈! 땡전 한 푼 안주면서 돈 얼마 꼬
       불쳤다고 사람을 이 지경으로 만들어 놔. 곱단이가 새점
       안 쳐봐 망해도 벌써 열 번은 망했다. 약 판 돈보다 점쳐
       서 번 돈이 더 많을 걸.
덕삼   (빵을 다 먹어 치우자) 야! 치사한 놈.
만수   곱단아, 근데 너 그 돈 어디다 쓸려고 그랬니?
곱단이 빨래하다가 보니까 발산 아저씨 팬티에 구멍이 나서.
만수   하하… 정이 단단히 들었구만. 하하.
덕삼   하하하.
곱단이 웃지 마세요. 아저씨들 이러면 발산 아저씨 깨워요.
덕삼   뭔 정인지 모르지만 정이 들긴 들었네요. 삭시

곱단이 정말 계속 약 올릴 거예요

만수   나도 떡 하나 주면 약 안 올리지.

    곱단이는 약 올리는 덕삼과 만수를 쫓아다닌다.

덕삼   알았다. 알았어. 안 할게. 곱단아, 아저씨들 돈 받으면, 아
     니 당장 내일이라도 너만 좋다면 우리랑 같이 떠나자. 너
     여기 있으면 고생만 해.

곱단이 싫어요. 나는 여기가 좋아요.

만수   뭐가 좋아? 맞기나 하지.

덕삼   아저씨들 말 들어. 여기 있다가는 몸 다 상한다니까.

곱단이 아저씨들이나 가세요. 몇 번 도망가서 딴 데도 있어 봤
     는데, 좀이 쑤셔서 못 있겠더라구요. 저는 이렇게 돌아다
     니는 게 좋아요. 노래도 부르고, 새점도 치고. 새 가슴 만
     지면 팔딱팔딱 뛰는 게 얼마나 신기하다고요. 저도 다 생
     각이 있어요.

만수   곱단아, 그건 그렇고 나 만수가 여기 있는 게 좋은지 아
     니면 뜨는 게 좋은지 새한테 좀 물어봐라.

곱단이 (손을 내밀며) 돈!

만수   차력사 그 짠돌이가 사람 여럿 버렸구만.

곱단이 세상에 공짜가 어디 있어요.?

만수   쪼맨한 게 돈맛부터 알아서. 돈 밝히니까 죽도록 맞지.

곱단이 모르는 소리 좀 하지 마세요 아저씨는. 돈을 안 주면 새
     가 움직이질 않아요.

만수   알았다. (돈을 주며) 여기 있다.

덕삼　내 점치는 놈 치고 잘되는 놈을 본 적이 없다. 심지 약한
　　　놈이 괜한 요행 바라고 점이나 치지. 자고로 운명은 스스
　　　로 개척하는 것이다 이 말이야 내 말은. 넌 자식아 프론티
　　　아 정신도 모르냐?
만수　그래서 그 모양이냐?

　　　만수의 새점을 쳐본다.
　　　쪽지를 보는 곱단이. 쪽지를 읽어준다.

곱단이　"사고수가 있으니 나대지 말고 근신할 것. 추풍 불 때
　　　동쪽에서 귀인 만남 "
만수　사고! 동쪽! (동찬이 간 곳을 가리키며) 그래 동쪽. 가라는
　　　거야 말라는 거야?
곱단이　당분간 근신하세요.
만수　(돈을 주며) 인심 썼다. 곱단아, 니 점 한 번 봐라. 남 점
　　　만 보지 말고 니 점도 보란 말이야. 난 늘 점쟁이들이 자
　　　기들 앞가림도 못하고 있는 거 보면 이상하더라. 그렇게
　　　남의 운명은 이렇다 저렇다 잘 맞추면 자기 운명도 점쳐
　　　잘 살면 될 거 아니야?
곱단이　원래 점쟁이들은 아픔이 있어야 남의 운명이 보이는 거
　　　예요. 가슴에 구멍 없는 점쟁이는 다 가짜라고 엄마가 죽
　　　기 전에 말했어요.
만수　그래서 발작 하냐? 그럼 차력사 거로 봐봐.

　　　차력사의 점을 보니 재물복이 있고 여복이 있다고 나온다.

만수 좋은 건 혼자 다 가졌네. (곱단이 들으라고) 근데, 단장은
     우리 돈 줄 거야 말 거야?
덕삼 곱단이 너 여기 있다가는 우리처럼 돈 한 푼 못 받아. 너
     점쳐 번 돈 단장이 다 날리잖아. 아저씨들이 좋은 데 알아
     났으니까 같이 가자. 너 우리들 믿지?
곱단이 아니요.
덕삼 뭐? (사이) 하여간 거기 가면 빨래나 설거지 같은 건 할
     필요도 없어. 공주대접 받는다구. 거기 가면 너 좋아하는
     생크림도 매일 먹을 수 있고.

     곱단이, 새장을 들고 막사 안으로 들어간다.

덕삼 그리고 가수도 될 수 있다니까. 잘 생각해봐 나중에 후회
     하지 말고.
만수 날 샌 거 같다. 새점대로 난 근신이나 할란다.
덕삼 그래, 넌 그렇게 살다가 죽어라 자식아.
만수 (또 빵을 꺼내 먹으며) 그래, 나 이렇게 살란다 왜?
덕삼 야!
만수 아 그 자식, 사 먹어.

     덕삼과 만수도 막사 안으로 들어간다.
     악사 들어와서 약쑥을 태운다.
     악사의 자장가 같은 아코디언 연주.
     단장은 노름판에서 돈을 잃고 홧김에 술을 먹고 들어온다.
     노래를 부르며 들어와서는 행패를 부린다.

단장은 한물 간 유행가를 부른다.

단장	(노래를 부르다가 호주머니를 뒤져 본다. 동전 몇 개가 나
	온다. 그걸 집어던지며) 그래, 다 먹어라 새끼들아! 제기
	럴, 왜 오늘 따라 패가 안 붙는 거야. (악사를 발견하고)
	야, 너 돈 있으면 내놔봐. 없어? 내가 주지 않았는데, 있을
	리가 없지. 그래 다 먹어라 새끼들아. 야, 이 길달호가 왔
	는데 퍼질러 잠이나 자. 다 나와.
덕삼	(나오며) 어떤 놈이야. 달밤에 지랄하는 놈이?
단장	나다. 뭐? 달밤에 지랄한다고? 그래 달밤에 지랄하는 게
	뭔지 보여주지. 야 새끼들아! 니들 빨리 춤 춰. 안 춰? (가
	만히 있는 만수와 덕삼) 니들 내 말 안 들을래?
만수	번번이 잃으면서 도박은 지미?
단장	뭐라구? 야 자식아 니가 도박에 대해서 뭘 안다고 그래.
	말 나와서 그렇지 막말로 인생 한 판 도박 아니냐? 장사
	도 도박, 사랑도 도박, 아트도 도박, 말짱 다 도박이고 사
	기야 자식들아. 니들이 인생에 대해서 뭘 알아? 니들이 내
	아픔을 알아? 내가 뭐 그렇게 대단하다고 목을 매. 남자가
	나 혼자야? 왜 내 마음 속에 씻을 수 없는 죄의식을 심어
	주냐고? 내가 그렇게 잘 생겼냐고?
곱단이	그만해요. 취하셨어요. 들어가 주무세요.
단장	그래 곱단이 너 이년 잘 만났다. 너 이년아 너 내 돈에
	손 댈 거야 안 댈 거야. 니 년이 내 돈에 손 대니까 재수
	털려서 패가 안 붙잖아. (머리채를 잡고 흔든다).
곱단이	이것 좀 놔요. 아버지.

단장   아버지? 그래 너 말 잘했다. 딸년이 아버지 돈에 손을 대!

　　　　만수는 단장을 곱단이에게서 떼어놓으려고 한다

단장   저리 안 가 이 자식이. (각목을 집어 들고) 너희들은 빨리
　　　　춤이나 춰 새끼들아. 돈 몇 푼 안 준다고 니들이 날 우습
　　　　게 보는데, 이 길달호가 어떤 사람인지 몰라서 그래? 내가
　　　　자식들아, 이 길달호가 이 주둥아리 하나만 있으면 지옥에
　　　　가서도 염라대왕 찜쪄먹고 남을 사람이라고. 자식들아? 니
　　　　들 돈은 장터 두 군데만 돌면 줄 수 있어 자식들아. 돈 줄
　　　　테니까 빨리 춤춰. 안 춰?

　　　　단장은 사람들을 막 친다. 차력사는 막사 안에서 코를 곤다.

단장   춤추라고 자식들아.
덕삼   (한 대 맞고 단장을 민다. 넘어지는 단장) 으 씨발.
차력사 (하품하며, 잠이 덜 깨서 나오며) 뭐야?
단장   뭐? 씨발. 이 자식이 사람을 쳐.
덕삼   아 씨발. 돈 잃고 와서 왜 우리한테 행패에요? 돈은 주
　　　　지 못할망정.
단장   이 자식이 사람을 쳤어! 발산이 뭐해? 내가 이 꼴 당하고
　　　　있는데.
차력사 달호형. 그만하고 자지.
단장   뭐?
차력사 으휴 자라구요. 자라구.

단장   자라구? 좋아. (단장은 곱단이의 손을 잡고 끌고 가려한
        다)
곱단이 왜 이러세요? 아버지.
단장   아버지? 아버지 좋아하네.
차력사 그 손 놔.
단장   못 놓겠다면?
차력사 싫다잖아.
단장   뭐가 싫어?

        곱단이는 차력사한테로 간다. 단장은 곱단이의 손을 잡아끌려고
        한다.

차력사 (단장의 멱살을 잡고) 으구!
단장   왜 이래? 난 잘못한 것 없네. 돈 벌어서 딱딱 반씩 떼어
        줬고. 그리고… 이거 놓지. 좋아, 맘대로 해라. 그래 아주
        작당을 했구나. 그래 나 죽이고 맘대로 해보시겠다? 쳐.
        치라구.
차력사 (단장의 멱살을 놓으며) 잠 좀 잡시다. 잠 좀.
단장   알았어 자면 될 거 아니야? (곱단이의 손을 잡아끌며) 자
        네만 재미 볼 수 없지 않나? 그리고 이 애는 내 돈 주고
        내가 산 애라고. 자네 좋은 일 시키려고 그동안 공돈 처바
        른 줄 아나? 자네 혼자 재미 보려면 돈, 돈 가지고 오라
        고.

        단장은 그녀의 손을 잡고 강제로 막사 안으로 데리고 간다. 반항

하는 곱단이, 그러나 역부족이다.

곱단이　(차력사를 보며) 아저씨. 아저씨.

차력사는 분을 못 이기고 가죽 채찍으로 자기 배를 마구 친다.
악사가 심하게 기침을 한다.

덕삼　　내 조용하다 했다. (차력사에게) 뭐해요? 왜 가만히 있어
　　　　요? 바보처럼 (덕삼, 각목을 들고 막사 안으로 들어가려
　　　　한다)
차력사　으흐 (덕삼의 멱살을 잡고) 너 죽을래?
만수　　아 정말 이 짓거리 때려치우든지 해야지. 정말 눈꼴사나
　　　　워서 못살겠네.

차력사는 기침하는 악사를 느닷없이 때린다.
덕삼과 만수가 말려도 그의 힘에 밀려 나가떨어진다.

차력사　니들도 까불면 다 죽어.
만수　　알았어요. 참아요. 참아.
차력사　무슨 말을 해? 무슨 말을 하라고 자식아! 기침만 하지
　　　　말고
만수　　그만해요. 사람 죽어요.
차력사　니들 자식들아 나 우습게 보지 마. 아직도 너희 같은 놈
　　　　들 열 명 덤벼도 무섭지 않아. 알어? 으!
단장　　아! 아 이년이 어디다가 오줌을 싸!

곱단이는 딸국질을 하면서 나와서 배를 움켜잡고 무슨 의식처럼 새장의 새에게 모이를 준다. 차력사는 새장 옆에 있던 곱단이를 데리고 구석으로 가려한다.

차력사 따라 와?
곱단이 …
차력사 빨리
곱단이 이러지 마세요. 저 배 아파요.
차력사 뭐?
곱단이 배 속에 뭐가 들어 있는 것 같아요.
차력사 들어가서 뭐 했어?
곱단이 아무 것도 안했어요.
차력사 따라 와!
곱단이 (손을 뿌리치며) 이 손 놔요. 나도 걸을 수 있어요.

차력사는 강제로 곱단이를 들쳐 엎고 풀숲으로 간다.
곱단이의 딸국질은 멈추지 않는다.

덕삼 저러다 사람 죽이겠다. 그냥 아픈 애 쉬게 좀 내버려 두면 어디가 덧나나? 인간들 하고는. (사이) 괜찮아?
악사 …

악사의 아코디언 소리

3장. 팬티

곱단이는 나와 새장의 새에게 의식처럼 모이를 준다. 따라 나오는
차력사.

차력사 미안해. (사이. 수줍게) 사랑해.
곱단이 돈도 좋지만 팬티는 사 입어요.
차력사 힘 있을 때 한 푼이라도 더 모아야지.
곱단이 팬티나 벗어줘요. 꼬매게.
차력사 그냥 입을게. 보이지도 않는데 어때? 내 빤스에 너무 신
경 쓰지 마. 들어가자.

곱단이와 차력사가 막사 안으로 들어간다.

4장. 감전

차력사는 낮잠을 자고 있다.
차력사의 코 고는 소리가 대단하다.
덕삼과 만수는 약 포장을 하고 있다.
그들의 노동은 음악적이라고 할 수 있다.

만수 (악사를 보고) 일 안해? 하라는 일은 안하고 맨날 뭘 그리
      적어?

덕삼 그냥 둬라. 지도 말을 못하니 답답도 하겠지.

만수 그래도 그렇지. 한솥밥 먹는 사람들끼리 이러면 안 되지.
      (노트를 빼앗으려 하며) 좀 보자.

악사 (손을 내젓는다)

만수 (노트를 빼앗는다) 유서라도 쓰냐? 아 이게 뭐야?
      그는 젓가락으로 파리를 잡는데 도사다
      차력사의 칼날 위의 파리도 잡을 수 있다는 것이다
      어느 날 파리가 없다
      파리야 살아나라 제발!
      제목, 고독의 깊이
      제목 하나 기가 막히구만. 음악가에 시인까지. 자네 정말
      대단해. (덕삼에게) 너 시 쓰는 부처를 뭐라고 하는지 아
      니?

덕삼 그걸 알면 내가 여기 앉아 있겠냐? 씨불!

만수 그래. 씨불! (노트를 집어 던지며 악사에게) 야, 씨불 이것
      도 시냐?

덕삼 니가 시에 대해서 뭘 안다고 개소리야. 내가 보기엔 저 악
      사, 뭔가 있어.

만수 지랄하고 자빠졌네. 저게 시라면 나도 쓰겠다.

덕삼 써봐.

만수 좋아 잘 들어. "덕삼이 빤스는 벌집이다. 라면 땜에 그의 방
      구는 회오리가 인다. 그 방구가 빤스를 구멍낸 것이다. 돈
      생기면 철 빤스를 선물해야 겠다"어때?

곱단이　좋은데요.

덕삼　철 빤스는 차력사나 줘라. 하나도 재미없다 자식아. (사이) 곱단아 노래 좀 해봐.

　　　곱단이가 악사의 반주에 맞추어 자기 애창곡을 부른다.

덕삼　곱단아 너 여기서 재주 썩힐 필요가 어디 있어? 그리고 가수가 되려면 말이야. 전이 있어야 돼요. 음반 하나 취입하는 데도 드는 돈이 장난이 아닐 걸. 그리고 후원자도 있어야 하고. 그러니까…

곱단이　발산 아저씨 있잖아요.

덕삼　잘도 밀어주겠다.

곱단이　아저씨가 약속했어요.

덕삼　아 이 동네는 웬 파리가 이렇게 많은 거야? 열 받네.

만수　병신 파리 잡고 있네. 파리가 너를 잡겠다.

　　　만수는 젓가락을 가져와 악사를 주며 시범을 보이라고 한다.
　　　악사는 한 번 실패한 후 두 번째 가격으로 파리를 잡는다.

만수　우와! 잡았다. 기가 막혀!

덕삼　악사 파리 잡는 솜씨는 아무도 못 쫓아올걸.

　　　차력사는 짜증이 나서 벌떡 일어난다. 갑자기 위축되는 사람들. 차력사는 일어나 가만히 있다가 파리가 앉은 곳을 손바닥으로 몇 번 친다. 얼굴도 치고 허벅지도 치고 어깨도 치지만 파리는 잘도

도망갔다 약을 올리듯이 다시 차력사에게 덤벼든다. 번번이 실패
하다 결국 파리를 잡고 소리를 친다.

차력사 (무슨 천둥 같은 소리로) 잡았다

그를 쳐다보는 사람들.
이때 동네 건달들이 단장의 멱살을 잡고 들어온다. 놈들은 막사를
발로 차고 포장한 약을 박살낸다. 차력사가 나온다.

건달1 새점 좀 봅시다.
차력사 니들 뭐하는 닥광이야?
단장 이것 좀 놓고 말하게.
건달2 이봐. 여기가 어디라고 자릿세도 안 내?
단장 발산이 나 좀 살려 주게. 아이고 나 죽는다.
차력사 안 꺼질래 새끼들아.
건달1 큰소리치지 마시지. 귀도 안 먹었는데…
차력사 (덤벼든다) 이 자식이 너 죽을래?

건달1이 각목으로 발산을 치나 다 부러진다.
차력사는 놈을 때려눕힌다.

건달2 이 자식이 피죽도 못 먹었나? 저리 비켜. (차력사에게) 여
        보쇼, 왜 이러슈? 같이 먹고 삽시다.
차력사 넌 뭐야?
건달2 나?

차력사 그래 자식아 여기 너 말고 누가 있어?

건달2 산이슬파의 배추머리라고 들어보셨나?

차력사 배추머리! 소금에 절여 김치 담가 먹기 전에 꺼져. 아주
        뭉개 버린다.

건달2 그러쇼? 그럼 소금 맛 좀 볼까

　　　　건달2는 차력사와 일대일로 붙는다. 웃통을 벗는 건달2. 몸에 문
　　　　신이 새겨져 있다. "한 번 이슬은 영원한 이슬" 차력사는 건달2
　　　　에게 정신없이 맞는다. 나머지 사람들에게는 머리박아를 시킨다.

건달2 심어. (단장에게) 못 주겠다? 좋아.

　　　　건달2는 곱단이를 일으켜 세운 다음 그녀를 건달1에게 넘겨준다.
　　　　곱단이 반항하지만 역부족이다.

건달2 꽃이다 물 좀 줘라.

　　　　곱단이는 반항한다.

건달2 (새장으로 가며) 아 이게 문제의 새로구만. 자릿값 대신
        가지고 가는데 불만 없지?

　　　　건달2는 새장을 잡는다. 감전이 된 듯 굳는다. 건달1이 다가가서
　　　　건달2를 잡는다. 그놈도 감전된다. 덕삼과 만수가 사정없이 때린
　　　　다. 건달들 허겁지겁 도망간다. 곱단이 딸꾹질을 하며 내팽개쳐진

새장을 가지러 간다. 새장의 새에게 무슨 의식처럼 모이를 준다. 차력사는 아픈 몸을 이끌고 곱단이에게 가 손을 내민다. 악사의 아코디언 소리.

단장 아 뭐해? 짐 싸, 떼로 밀려오면 대책 없어.

5장. 발작

장소를 옮긴 다른 공터.
기차가 지나가는 역 근처의 공터. 간간이 기차가 지나간다. 가을이다. 코스모스가 피어있다. 만수와 덕삼은 식기를 가지고 들어온다.

만수 라면은 이제 이 갈린다. 이건 삼시 세 때 다 라면이니, 아주 똥까지 라면발이라니까.
덕삼 너 단장이 왜 돈 주는 거 자꾸 미루는지 알아?
만수 …
덕삼 다 우리 잡아 두려는 수작이야. 돈 받고나면 날라 버릴까 봐.
만수 생긴 거보다 약은 놈. 생긴 건 꼭 금복주처럼 생겨서.
덕삼 더 이상 미룰 수 없어. 새 챙겨서 뜨자.
만수 봤잖아. 그러다 감전되면? 그리고 차력사한테 잡히면?

덕삼 이제 그 사람 힘 못 써.

만수 악사하고 곱단이는?

덕삼 지금 남 생각하게 생겼어?

만수 그래도.

덕삼 너 살 궁리나 해.

덕삼은 새장 가까이 간다.

덕삼 문제는 곱단이가 없어도 새가 말을 듣느냐 아니냐에 달려
      있어요. 내가 시켜도 새가 움직이면 들고 튀는 거야.

만수 만졌다가 급살 맞으면?

덕삼 기다려봐. 자식아. 그때는 땅에 묻힌 전선에서 누전돼서 그
      렇게 된 일인지도 모르잖아. 나는 미신 안 믿어. 그리고
      새는 훈련시키기 나름이고, 점이라는 게 갖다가 붙이기 나
      름이야. 문제는 내가 돈을 줬을 때 움직이느냐 않느냐야.

덕삼이가 새장에 돈을 넣는다. 움직이지 않는다. 두 번째도 움직
이지 않는다. 파블로프의 조건반사를 생각해내고 먹을 것을 주면
서 움직이게 하면 된다고 말한다. 단장과 차력사가 무슨 협잡을
하고 들어온다. 차력사는 라면 한 상자를 들고 들어온다. 단장과
차력사를 발견하고 덕삼과 만수는 딴청을 부린다.

단장 시간 나면 연습이라도 한 번 더 하지. 뭐해? 내가 자리를
      못 비워요. 자리를.

만수 빈대도 낯짝이 있지. 연습을 하라구요? 돈, 돈 언제 줄 거

냐구요?

단장 악사 이 자식은 틈만 나면 어디 짱 박히는 거야?

만수 돈 안주냐고요?

단장 곧 준다니까.

만수 준다고요? 그 돈을 받느니 차라리 개구리 배떼지에 털 나길 기다리는 게 낳지. 그 말 한 번만 더 들으면 백 번이에요.

단장 이 사람이 속아만 살았나. 목돈 만들어 주면 될 거 아니야? 그나마 이만큼 먹고 사는 것도 내 덕인 줄 알라고.

만수 또 라면 사왔잖아요. 라면만 먹이면서 큰 소리는?

단장 (새로 개발한 약을 보이며) 이게 뭔 줄 알어?

덕삼 보나마나 쥐 다린 물에다 식초 좀 탔겠지. 하여간 이번에도 안 주면 우리도 가만히 있지 않을 겁니다.

차력사 가만히 있지 않으면?

만수 …

차력사 이 자식들이 죽을래?

단장 자네들 로마군이 어떻게 그 큰 제국을 건설한 줄 아나? 그게 다 이유가 있다구. (질경이를 꺼내며) 이게 질경이라는 건데, 이게 상처 회복에 특효약이라. 로마군이 그 많은 부상을 입으면서도 승승장구했던 것도 다 이 질경이가 있어서 가능했다는 거지. 내 머리에 이걸 내복약으로 만들면 온갖 내과 질환에 효험이 있지 않을까 하는 기가 막힌 생각이 스쳐서 이렇게 이 약을 만들어 보았네. 이게 임상실험 결과 약효가 증명되는 날이면 그때는 그냥 돈벼락! (사이) 미안하네. 나도 이제 노름에서 손 뗐으니까 돈 버는 것은 시간문제라고. 한 두서너 곳만 돌면 자네들 돈 주고 남을 걸세. 그러니 우리 한번 잘 해보세.

덕삼 그 말을 어떻게 믿어요? 돈 보면 부리나케 노름판으로 달려갈 거면서.

단장 이 사람들이 속아만 살았나? 그리고 없는 게 있는 거보다 편한 거야. 있으면 있는 대로 걱정이라고. 내 얘기 하나 해줄까? 인도 얘기야. 이웃해서 두 부부가 살고 있었는데, 한쪽 집 남편이 말이야, 이 양반이 눈만 뜨면 자꾸 집에 있는 물건을 내다 사람들을 주는 거야. 자꾸 버려야 자유로워지고 마음이 편해진다고 하면서 말이야. 부인 속이 오죽했겠는가? 그래 수다나 떨면서 남편 흉이나 보면 속이 풀릴 것 같아, 자기 남편 이야기를 옆집 부인한테 했대요. 그 말을 전해들은 여자는 남편에게 그 이야기를 하면서 세상 살다가 별일 다 본다고 말하지 않았겠나. 그런데 다음날 일어나 보니 남편은 보이지 않고 머리맡에 달랑 쪽지 한 장만 남아있더래요. 부인이 쓱 읽어보니 "하나씩 버려서 언제 다 버려. 나 간다. 찾지 마" 가질 수 없는 것은 없다고 생각해. 그게 속편하니까.

만수 뭔 얘기를 하는지…

사람들이 황당하다는 듯이 멍하게 있다. 기차소리. 단장, 기차에서 날아오는 깡통에 머리를 맞는다.

단장 야! 저런 놈들 때문에 통일이 안 돼요. 통일이.

덕삼 갖다가 붙이기는.

단장　아 미안하네. 준다니까. 그러지 말고 잘 해보세. 자네들은
　　　빈병 좀 가져오고. (사이) 악사 이놈은 어디 짱 박혔어?
차력사　저기 오네요.

　　　머리에 코스모스를 꽂은 곱단이와 악사가 노래를 하면서 들어온
　　　다. 차력사, 악사를 낚아챈다. 악사의 팔을 잡는다. 단장은 신약
　　　(新藥)을 그에게 먹이려고 한다.

단장　아 괜찮아 안심하라고. 다 몸에 좋은 거야. 너 이거 먹으면
　　　기침도 멈출 거라고. 그냥 약효가 어떤지 그것만 알면 돼.
　　　자 먹어봐. 어떻게 해? 먹고 살려면 어쩔 수 없지.

　　　단장 억지로 입에 처넣으려고 한다. 기겁하는 악사.
　　　덕삼과 만수가 뒤에서 뛰어 나온다.

차력사　가만히 안 있어? 너 죽는다.
곱단이　아버지 하지 마세요. 그러지 마세요. 아아 아저씨!
차력사　왜 그래?
곱단이　아아. (곱단이 거품을 품으며 발작을 시작한다)
차력사　(곱단이 비명을 지르자) 어떻게 좀 해봐 단장.

　　　단장은 새장을 곱단이에게 갖다가 준다. 조금씩 발작이 가라앉
　　　는 곱단. 시간이 지나자 곱단이는 정신이 돌아온다.

차력사　미안해. (주머니에서 립스틱을 꺼내며) 너 주려고 산 거

야. 발라 봐.

곱단이 고마워요.

차력사 어서 발라 봐.

만수   그래 발라 봐

곱단이는 멍하게 루즈를 바른다.

덕삼   정말 곱단이 이쁘다.

곱단이 나 애 밴 것 같아요.

차력사 뭐? 애?

단장   누구 애?

차력사 누구 애긴 내 애지. (단장을 의심의 눈으로 쳐다본다)

단장   나? 나 아니야.

차력사 (기쁜 기색을 감추지 못하고 배를 만지며 채찍을 찾아
        악사에게 주며) 야 너 이리 와봐 이걸로 여기 쳐.

악사   …

차력사 못해? 쳐! 여기 쳐! (옷을 풀어헤친다)

악사   …

차력사 배 쳐. 배가 튼튼해야 칼이 안 들어온다구 쳐. 어서.

악사   …

차력사 뭐해? 어서 쳐. 말 안 들어?

악사   (배를 치는 악사)

차력사 그래 쳐. 더 세게. 쳐. 쳐. (치는 것이 답답한지 자기가
        자기 배를 친다) 애 먹여 살려야지. 돈 벌어야지. 먹고 살
        아야지. 애 먹여 살려야지!

그것을 보던 곱단이는 다가가 차력사를 안아 준다.
구석에 가있던 악사의 아코디언 음악.

곱단이　이러지 마세요. 제발.

차력사는 고개를 숙이고 말이 없다.

곱단이　아저씨!
차력사　(사이) 곱단아, 우리 결혼하자.
곱단이　(고개를 끄덕인다)
단장　　결혼! 남의 딸 그냥 데려가려고? 몸값을 치러야 한다고
　　　　생각 안하나? 자네.

차력사는 통장을 들고 나와서 단장을 준다.

차력사　이거면 되겠수?
단장　　(액수를 확인하며) 뭐야? 언제 이렇게 모았어? 좋네! 자
　　　　우리도 이제 힘을 좀 내고 살아봐야지. 아 뭐해? 결혼 준
　　　　비 안하고. 오늘 내 한턱 내지. 결혼을 축하는 의미에서.
　　　　고기 맛 좀 볼까? 소고기라면 어때?

6장. 결혼식

사람들은 곱단이에게 선물을 준다.
결혼식의 사회는 만수. 주례는 단장이 본다.

만수   자 조용히들 하시고 지금으로부터 신랑 장발산과 신부 길
        곱단의 결혼식을 시작하겠습니다. 먼저 오늘의 결혼식을
        축하하는 악사의 축시 낭독이 있겠습니다.

        악사는 나와서 축시를 읽으려고 하나 벙어리라서 읽을 수 없다.
        읽는 시늉만 한다. 그러나 마음으로 읽고 사람들은 그것 알아듣
        는 듯하다. 시의 내용은 다음과 같다.

악사   나의 노래
        당신은 나의 새, 어둠보다 깊은 동굴에서 날아 왔어요.
        그리곤 내 가슴을 뚫고 날아갔지요.
        나의 노래는 당신의 가슴
        당신 눈 속에 별
        나의 노래는 한밤에도 멈출 줄 모릅니다

만수   기막힌 축시였습니다. 자 박수. 다음 축가

        덕삼과 만수의 축가.

만수　다음은 단장님의 주례가 있겠습니다.

단장　신랑 장발산은 신부 길곱단을 아내로 맞아 비가 오나 눈
　　　이 오나 기쁠 때나 슬플 때나 배에 힘 있을 때나 없을
　　　때나 변함없이 사랑하겠는가?

차력사　네.

단장　신부 길곱단은 신랑 장발산을 남편으로 맞아 해가 뜨나
　　　달이 뜨나 배고플 때나 배부를 때나 변함없이 사랑하겠
　　　는가?

곱단이　네.

　　　신랑신부의 예물 교환이 있다. 예물을 풀어본다. 곱단이는 삼각
　　　팬티를, 차력사는 꽃무늬 팬티를 선물한다. 그리고 키스.

단장　이로써 이들이 부부가 되었음을 선언합니다.

　　　박수!
　　　악사의 흥겨운 아코디언 음악.
　　　사람들 코스모스를 두 사람에게 뿌린다.
　　　깡통과 풍선을 이용하여 신혼여행의 분위기를 낸다.
　　　흥에 겨운 춤판이 벌어진다. 기차가 지나간다.

7장. 고무장갑

장사 준비가 한창이다.

건달2   어이 안녕들 하쇼. 멀리도 왔구만.

단장   누구시더라?

건달2   (모자를 벗는다)

단장   배추머리! 아 왜들 이러십니까? 다 끝난 일인데.

건달2   끝나? 나 옥수수 세 대나 나갔어. 자식들아. 내가 매빚은 확실하게 갚는 사람이거든. (사이) 쫄 거 없고 치료비 대신 새를 가져갈 거니까 그리들 아쇼.

건달1이 빨간 고무장갑을 끼고 새장으로 다가간다.
덕삼이 막아선다.

덕삼   새는 안 돼. 차라리 나를 쳐라.

이때 호루라기 소리. '경찰이다'라는 소리가 난다.

건달2   아 씨발! 뭐 되는 일이 없어?

건달들, 도망간다.

만수   너희들 한번만 더 나타났다간 콩밥 먹을 줄 알아라. 저것들 성질 같아서는 그냥 팍!

곱단이와 악사가 들어온다.
악사와 곱단이가 경찰이 온 것처럼 꾸민 것이다.
곱단이와 악사의 승리의 미소.

단장   자자 장사 준비들 하자구.

8장. 기침

장터. 약장사를 하고 있다.
만수는 차력사 흉내를 낸다.
마치 자결을 선택한 일본 무사 같은 흉내를 내며 말도 안 되는 일
본어를 한다.

만수   (칼을 배에 대고) 와다시와 벤토노 스메끼리데스.고노 와리
       바시와 칸고구진데스까. 다마네기까 다라이또 이빠이 빠께
       스노 네다바이데스. 소노 와다시노 오야지와 다구상 야마
       데스. 시로노 우라또 마세이노 오마구 데스까. 나라시까
       시마이데스.(죽는 시늉을 한다)

       단장은 만수를 발로 걸어찬다.

단장 들어가 데스.

차력사의 시범차례이다.
단장의 소개가 있다.
"역발산 기개세 돌아온 항우 장. 발. 산"
차력사는 돌멩이를 깨고 이빨로 못을 뺀다.
드디어 칼로 배를 찌르는 시범. 온 몸에 회칠을 하는 차력사. 차
력사는 무슨 의식처럼 물을 떠놓고 정신을 집중하고 그 물 앞에
절을 한다. 그는 그 물을 입에 머금는다. 그는 그 물을 칼에 분사
한다. 악사의 북소리. 곱단이의 아리아.
한참 긴장감이 고조된 순간 칼로 차력사가 배를 찌르는 순간 악사
는 기침을 하면서 피를 토한다. 그 기침은 차력사의 호흡을 끊
는다. 차력사의 칼이 배를 관통한다. 비명과 아우성! 사람들 흩
어진다.

곱단이 아저씨!
단장   발산이!
차력사 …
단장   이봐 괜찮아?
곱단이 아저씨!
차력사 …
만수   (주위의 사람에게) 누가 가서 의사 좀 불러 주세요.
단장   (차력사를 살펴본 후) 의사 부를 필요 없네. 죽었어.

악사는 계속해서 기침을 한다. 곱단이는 기침하는 악사를 발견하
고 돌을 들어 그의 머리를 친다. 악사의 머리에서 피가 난다. 쓰

러져 뒹구는 악사. 계속 쳐 죽이려는 것을 만수와 덕삼이 말린다.

단장　뭣들 해? 어서 악사 데리고 병원 갔다 오지 않고.
만수　알았어요. (덕삼에게) 가자.

만수와 덕삼은 악사를 부축해 병원으로 향한다.

곱단이　아저씨! 말 좀 해봐. 기운 차려서 돈 많이 번다고 했잖아

그녀는 차력사의 손을 그녀의 배에 가져간다.

단장　(곱단이를 쳐다보다가) 곱단아 괜찮아? 맛이 갔구만. 젠장,
　　　이 짓거리해서 돈 벌기도 다 틀렸군.

단장은 돈과 짐을 챙기러 들어간다.

단장　(발산의 통장 몇 개를 보며) 지독한 사람 언제 이 돈을 다
　　　모았어. 고마워 이 돈은 나 약재상 하는데 보태 쓸게.

단장은 새장을 보다가 무슨 생각이 나는지 들어가 고무장갑을
끼고 나온다. 빨간 고무장갑을 끼고 나와 새장을 잡으려고 하다
가 새가 죽은 것을 발견한다

단장　뭐야? 죽었잖아. (사이) 곱단아, 너도 알겠지만 나도 정말

잘해 보려고 했다구. 알지? 애는 지우고. 나, 간다. 원망하
지 마. 나도 알고 보면 불쌍한 놈이야.

단장, 새장을 곱단이 주고   떠난다.

9장. 辱

만수와 덕삼 그리고 머리에 붕대를 감은 악사가 들어온다.

만수　(주위를 둘러보고) 단장님!
덕삼　단장 어디 갔어?
곱단이　…
만수　단장님! 혹시

만수는 이 곳 저 곳을 찾아보지만 단장은 없다.

만수　(들어오며) 날랐어. 개새끼! 인도 얘기 할 때 알아 봤어야
　　　하는 건데.
덕삼　새!

덕삼은 죽은 새를 발견한다.

덕삼 죽었어.

만수 단장 이 새끼. 이게 뭐야? 씨부랑탱이. 씨당나구. 니기미
      떡을 치고도 남을 놈. 가다가 소똥 밟고 좆 깨져서 죽을
      놈. 노름하다 빤스까지 뺏길 놈. 솔개미한테 불알을 뜯겨
      먹어도 시원치 않을 놈. 앞으로 넘어져도 똥구녕에 자갈
      박혀 죽을 놈. 좆맨이. 뿡까라 좆을까라 마이신. 좆까라 만
      두 씹만두. 좆을 따라 딸딸이…

덕삼 그만해.

      만수는 계속해서 미친 듯이 욕을 한다. 욕을 하면서 분노, 울분,
      체념, 슬픔, 자괴, 회한 등의 다양한 감정을 보인다.

만수 시방새. 시몽새. 개당나구. 시바당나구. 시벨리우스. 죽어도
      조동아리는 살아서 하루는 더 떠들 놈. 니주가리 씨빠빠룰
      라다. 너 다시 만나면 뼈도 못 추릴 줄 알아라. 니미뽕이
      다. 씨발 놈아. 니미뽕. 니미뽕…

덕삼 그만해. 백날 욕해봤자 아무 것도 안 변해.

만수 뭔 놈의 팔자가 이 모냥 이 꼴이냐?

덕삼 (차력사 칼을 잡고) 지구 끝까지 찾아가서라도 내가 죽이
      고 만다.

만수 칼은 안 돼. 차력사는 봐서 알잖아. 동찬이한테 가자.

덕삼 (칼을 놓으며) 새도 없는데….

만수 우리가 언제 새 때문에 살았냐? 몸둥이만 있으면 다 살어.
      악사도 있고 곱단이도 있고. 이게 우리의 운명인가보다 곱
      단아.

곱단이, 혼자 손짓을 하며 알 수 없는 말을 한다. 미쳤다. 악사의 기침소리. 기차 지나가는 소리에 묻혀 세월이 흐른다.

10장. 낙화

봄이다. 꽃이 진다. 비처럼.
청소부가 비질을 한다. 단장은 청소부가 되어 있다.

단장 (비질을 하다가 보름달을 쳐다보면서 담배 한 대를 피면서)
보름이군. 꼭 금딱지 같군. 꼴 좋다. 노름이 뭔지?

단장 비질을 하며 떨어진 꽃을 쓸어 꽃길을 만든다.

11장. 보호소

보호소에는 곱단이와 몇몇의 사람들이 있다. 그들은 알 수 없는 표정으로 손짓을 하며 저들만의 이야기를 한다. 곱단이 입에다 립스틱을 문대고 있다.

덕삼과 만수가 곱단이 면회를 온다.

소리 길곱단 면회!

사이

만수 (악사가 죽기 전에 남긴 악보를 보이며) 이것은 악사가 너
      한테 준다고 만든 노래야. 얼른 나서 가수 돼야지.
덕삼 미안하다 곱단아. 자주 와 보지 못해서. 하도 오라는 데가
      많아서. 그래 아저씨들이 돈 많이 벌어놨으니까. 너 나오
      기만 하면… 전국노래자랑에도 나가고 음반취입도 하고…
만수 따라해봐.

      만수는 곱단이에게 한 소절씩 노래를 가르쳐준다.
      곱단이는 반응 없이 허공에다 대고 무어라고 손짓을 하며 웅얼
      거린다. 만수와 덕삼은 곱단이를 쳐다보다가 보호소를 나온다.

덕삼 곱단이 눈 보니까 소눈 생각이 났어.
만수 날 잡아 잡수. 새점 치던 애가 새처럼 갇혀 있는 꼴이라
      니…
덕삼 그나마 곱단이는 살아서 다행이야.
만수 그 몸에서 산 애가 나오는 게 이상하지.

      침묵.

만수 곱단이 생각해?

덕삼 …

만수 차력사?

덕삼 …

만수 그럼, 악사?

덕삼 아코디언 소리가 들리는 거 같애. 천국에 가도 파리가 있
     을까?

만수 글쎄?

덕삼 파리가 있어야 악사가 심심하지 않을 텐데…

만수 가자.

덕삼 어디로?

만수 동찬이한테 한 번 더 부탁해보지 뭐.

덕삼 그 자식도 우리를 이용해서 새나 빼내려고 한 놈이야. 몹
     쓸 자식 돈 좀 있다고 우릴 보길 무슨 똥개 보듯 했잖아.

만수 그럼, 어디 가서 술이나 한잔 하자. 연신내로 갈까?

덕삼 돈도 없는데.

만수 그러니까 모래내로 가자구 연신내로 가면 술값을 연신 내
     라 할 거고 모래내로 가면 모레 내, 모레 내라고 할 거 아
     니야.

덕삼 안 웃겨.

만수 (사이) 어떻게 할 거야?

덕삼 상당히 어려운 질문인데. (사이) 넌 참 퍽이나 나랑 달라.

만수 그래서 퍽이나 니가 좋다. (사이) 가자. 곱단이 점에 동쪽
     으로 가면 귀인 만난다고 했잖아… 가자.

둘은 어디론가를 향해 걸어간다.

저 멀리 보호소에 갇혀있는 곱단이의 웅얼거리는 노랫소리.

새들이 곱단이에게로 날아온다. 저 멀리 아코디언을 연주하며 날아다니는 악사의 모습.

-끝-

공연예술신서 69
김태웅희곡집 · 5
Hermes 헤르메스

2016년 12월 29일 초판 1쇄 발행

지은이   김태웅
만든곳   평민사
펴낸이   이정옥
　　　　주소 : 서울 은평구 수색로 340 [202호]
　　　　전화 : 02) 375-8571
　　　　팩스 : 02) 375-8573
　　　　평민사의 모든 자료를 한눈에
　　　　http://blog.naver.com/pyung1976
　　　　이메일 : pyung1976@naver.com

등록번호 제251-2015-000102호
정　　가 8,500원